冷酷皇帝は人質王女を溺愛中 3

なぜかぬいぐるみになって抱かれています

奏 舞音

B's-LOG BUNKO
ビーズログ文庫

イラスト／comet

Reikoku koutei ha
Hitojichi oujo wo
Dekiaichu

Contents

Character
フェルリナ
人質としてヴァルトに嫁いだ
ルビクス王国の王女。
だけどある日、
ぬいぐるみに魂が入って
しまい……？
ヴァルト
ガルアド帝国の皇帝。
『冷酷皇帝』と言われ、
恐れられている。しかし、
ぬいぐるみ（フェルリナ）を
前にすると……？
冷酷皇帝は
人質王女を
溺愛中
なぜか
ぬいぐるみになって
抱かれています

リジア

皇妃フェルリナの専属侍女。

グラン

ヴァルトの側近。ソーラス伯爵家の令息。

ヴィエラ

ルビクス王国の王妃。

マーガレット

ルビクス王国の第一王女。

シェイン

ルビクス王国の
〝古の遺品〟管理責任者

ルー

ヴァルトをイメージして
フェルリナが作った
クマのぬいぐるみ。
とってもモフモフ。

プロローグ　甘くて平和な蜜月

「へ、陛下、お疲《つか》れ様《さま》です……っ」

「…………」

ダークブルーの美しい双眸《そうぼう》が、もの言いたげにフェルリナに向けられている。

その意図を察したフェルリナは、ドキドキしながらも口を開く。

「……ヴァ、ヴァルト様」

「あぁ。ただいま、リィナ」

愛おしげに目を細め、ヴァルトはふわりと華奢《きゃしゃ》な体を抱《だ》きしめた。

フェルリナも抱擁《ほうよう》に応えるようにそっと彼の背に腕《うで》を回す。

全身を大好きな人のぬくもりに包まれて幸せな気持ちになる。

憑依《ひょうい》をコントロールできるようになったおかげで、最近はぬいぐるみとしてではなく、フェルリナ自身が抱きしめられる頻度《ひんど》が増えてきた。

ヴァルトとの触《ふ》れ合いはドキドキしてしまうけれど、素直《すなお》に嬉《うれ》しい。

間近で聞こえる彼の心臓もフェルリナと同じくらい速く鼓動《こどう》を刻んでいる。

（陛下、大好きです！）

思わず、抱きしめる腕にぎゅっと力を込めた。

ヴァルトからもぎゅうと抱きしめられ、さらに体が密着する。

言葉はなくても、抱きしめ合うだけで気持ちが伝わる気がするから不思議だ。

「可愛《かわい》い顔を見せてくれ」という声に従いおずおずと顔を上げれば、ヴァルトの綺麗《きれい》な顔が近づいてきて――。

ちゅっと唇《くちびる》に柔《やわ》らかなぬくもりが触れ、離《はな》れていく。

しかし、キスは一度では終わらない。

フェルリナがぬいぐるみに憑依していないことを確かめると、ヴァルトはフェルリナが逃《に》げないよう腰《こし》を抱き、後頭部を優《やさ》しく支え、追撃《ついげき》をしてくるのだ。

（た、耐《た》えるのよ……！）

こうして出迎《でむか》えるのが日課になりつつあるとはいえ、キスに慣れる日はまだ遠い。

それに、日に日にキスが深くなっているような気がする。

今日も、フェルリナは内心で声にならない悲鳴を上げていた。

ちらりと横目に映るのは、白銀の体にダークブルーの瞳《ひとみ》を持つクマのぬいぐるみ。

ドキドキしすぎてぬいぐるみに憑依しないよう、フェルリナは意識を強く持つ。

「リィナが待っていてくれるおかげで、一日の疲れが癒《いや》される」

安堵《あんど》のため息とともに、耳元に甘くて優しい声が響《ひび》く。

もう勘違《かんちが》いすることがないように、ヴァルトはできる限り気持ちを言葉にしてくれるようになった。

それがまたフェルリナの心臓には大きな負担となっていることを彼は知らないだろう。

「可愛すぎて離したくないな」

必死で耐えているフェルリナを見つめて、ヴァルトはふっと表情を緩《ゆる》めた。

その言葉を聞いて、フェルリナはブンブンと首を横に振《ふ》る。

ずっとこのままヴァルトの腕の中にいたら、心臓が持たない。

「だ、駄目《だめ》ですよ！　それにほら、着替《きが》えをなさいませんと！」

「では、リィナが手伝ってくれるか？」

にやりと口角を上げて、ヴァルトが問う。

ヴァルトとしてはほんの悪戯心《いたずらごころ》での提案であったが、フェルリナはヴァルトの役に立てることであれば何でも頑張《がんば》りたいと思っている。

だから、頼《たよ》られたことが嬉しくて前のめりで頷《うなず》いた。

「はい！　お手伝いさせてください！」

「いや、私が悪かった。着替えは一人でする」

ヴァルトはパッと抱擁を解き、隣《となり》の寝室《しんしつ》に駆《か》け込んだ。

彼の姿が見えなくなって、自分がどれだけ大胆《だいたん》なことをしようとしていたのかに気づく。

（わ、わたしったら……！）

着替えを手伝うということは、服を脱《ぬ》がせ、着せなければならない。

ぬいぐるみに憑依した時に、ヴァルトのはだけた姿を目撃《もくげき》してしまったことがある。

あの時でさえドキドキしていたのに、自分から服を脱がせるなんて無理だ。

（でも、いつかは……）

妻として、夫の着替えの手伝いができるようになりたい。

今はまだ、ヴァルトからの抱擁とキスに翻弄《ほんろう》されてしまって、自分から何かをするなんてできないけれど。

ヴァルトを愛する気持ちは毎日膨《ふく》らんでいるから。

「それで、今日は何をしていたんだ？」

着替えを済ませたヴァルトと二人仲良くソファに並んで座る。

ダークブルーの瞳はフェルリナを見つめているが、どうしてもヴァルトを見つめ返すことができない。

（陛下を直視できないわ……！）

今は互《たが》いに寝間《ねま》着《き》姿で無防備な状態だ。

普段《ふだん》よりもヴァルトを近くに感じて、どうしても心臓は早鐘《はやがね》を打つ。

(やっぱりまだ着替えの手伝いなんて無理だわ)

皇帝《こうてい》として正装している姿もかっこよくて素敵《すてき》だが、こうしてラフな格好をしているヴァルトは普段の何倍も色気がすごいのだ。

服の上からでも分かる鍛《きた》えられた体つき。

太い首には男らしい喉《のど》ぼとけ、はだけた胸元《むなもと》からは鎖骨《さこつ》が覗《のぞ》く。

湯あみの直後でまだ湿《しめ》っている白銀の髪《かみ》は色っぽく、美しいダークブルーの瞳に見つめられると、囚《とら》われたように動けなくなる。

けれど、本音を言えばこうしたヴァルトの無防備な姿を見られるのは嬉しい。

——妻だけの特権のようで。

そして、フェルリナにしか見せないヴァルトの姿をもっと知りたいと思ってしまう。

ヴァルトに愛を告げられた日から、どんどん思考が贅沢《ぜいたく》になっているような気がする。

「リィナ?」

「は、はいっ!」

フェルリナは慌《あわ》てて目の前にあるティーカップを手に取った。

優しいカモミールティーの香りが、暴れ出す心臓を落ち着けてくれる。

一度深呼吸して、フェルリナは今日の出来事を思い出す。

寝《ね》る前にお茶を飲みながら、皇帝の私室で出迎え、一日の出来事を話すことが最近の日課になっていた。

「今日は、ミシェル夫人《ふじん》の皇妃《こうひ》教育を受けて、招待状のお返事を書いたり、孤児院《こじいん》へ寄付するマスコットを作ったりしていました」

「ミシェル夫人はかなり厳しいのではないか？」

「そんなことはありません！　ミシェル夫人はとてもお優しい方です」

豊穣《ほうじょう》祭までの臨時教育係だったグランはお役御免《ごめん》となり、今は皇室出身のミシェル伯《はく》爵《しゃく》夫人から本格的な皇妃教育を受けている。

皇妃としての公務も少しずつ増えてきて、その度にフェルリナはミシェル夫人に助けられているのだ。

フェルリナが笑顔《えがお》でそう言うと、ヴァルトは軽く首を傾《かし》げた。

「あのミシェル夫人が優しい……？」

ミシェル夫人はヴァルトの叔母《おば》にあたる人で、礼儀《れいぎ》作法に厳しい人物として有名だ。

しかしそれ故《ゆえ》、ミシェル夫人に認められたというだけで一目置かれる存在にもなりえる。

だからこそ、ヴァルトはフェルリナの教育係に彼女を選んだ。

あわよくば、フェルリナの後《うし》ろ盾《だて》になってもらおうという考えもあって。

「ミシェル夫人を優しいなんて言うのは、リィナくらいだろうな」

「そうでしょうか。わたしができていないところや分からないことがあれば、どこがどう駄目なのかしっかりと教えてくださいますし、教え方がとても分かりやすいので、苦手なお茶会での振る舞《ま》いも様になってきたような気がします」

「そのダメ出しの嵐《あらし》に心が折れる者もいるというのに、リィナは強いんだな」

「え？」

「いや、なんでもない。うまくいっているのならよかった」

ヴァルトはにっと笑って、フェルリナの頭を優しく撫《な》でた。

「今日はハンカチに刺繍《ししゅう》をしたのですが、たくさん褒《ほ》めてくださいました！」

「リィナの刺繍の腕は王都中に知れ渡《わた》っているくらいだから、ミシェル夫人も気になっていたのだろうな」

豊穣祭で、フェルリナが刺繍したテーブルクロスが飾《かざ》られたのは記憶《きおく》に新しい。

当時のことを思い出して、フェルリナの胸はじんわりとあたたかくなる。

帝都の民《たみ》が皇妃として受け入れてくれたこと。ヴァルトから愛の告白をされたこと。

豊穣祭の一日は、フェルリナにとって忘れられないものとなった。

「刺繍は覚えたばかりなので、ミシェル夫人が色々な方法を教えてくださるのがすごく楽しかったです！　来年はもっと立派な刺繍を披露《ひろう》してみせますね」

「あぁ。楽しみにしている」

「陛下の期待に応えられるように頑張ります！　それに、ミシェル夫人は刺繍をしながらご自身の経験などを話してくださって」

ミシェル夫人から聞ける社交界での実体験は興味深いものばかりで、驚《おどろ》いたり笑ったりしているうちに、あっという間に時間が過ぎていた。

「ぜひとも私も聞いてみたいものだな」

「……ふふ。今度は、陛下のお話も聞かせて、ください……」

そう言いながらも、フェルリナの瞼《まぶた》は重くなってくる。

目を開けようと頑張っているフェルリナを見て、ヴァルトは頬《ほお》を緩めた。

「遅《おそ》くまで待っていてくれてありがとう。だが、そろそろ休もう」

「で、でも……」

「続きはまた明日、聞かせてくれ」

軽くローズピンクの髪にキスを落とし、ヴァルトはフェルリナを自身のベッドに運ぶ。

フェルリナを寝かせてベッドから離れようとした時、眠《ねむ》っているはずの彼女の手がヴァルトに伸《の》びてきた。

「……へいか、だいすき……」

「！」

――可愛すぎるだろう！

思わずヴァルトは口元を手で押さえた。

叫《さけ》び出さなかった自分を褒めてやりたい。

破壊力抜群《はかいりょくばつぐん》の寝言《ねごと》を紡《つむ》いで、当の本人はすうすうと寝息を立てている。

その寝顔《ねがお》のあまりの可愛さに、ヴァルトの理性は限界を迎《むか》えようとしていた。

「ぐっ、耐えろ……っ！」

ひとまず理性を総動員して、ルーを抱きしめることでヴァルトはなんとか冷静さを保ったのだった。


朝起きて一番に目に入るのは、白銀の髪と怜悧《れいり》な美貌《びぼう》を持つ皇帝陛下――ではなかったはず。

「……へ、陛下っ!?」

朝からパニックに陥《おちい》ったフェルリナは、飛び起きる。

しかし、どういうわけか身動きがとれない。

至近距離《きょり》にヴァルトの顔があるだけでも心臓が持たないのに、同じベッドで抱きしめられていた。

皇妃教育や慣れない公務が始まったフェルリナを気遣《きづか》い、ヴァルトはこれまで通りそれぞれの部屋で寝ようと提案してくれたのだ。

少し寂《さび》しいとは感じたものの、ぬいぐるみではない自分がヴァルトと同じベッドで眠るなんて、今はまだドキドキしすぎて無理だ。

そう、思っていたのに――。

「おはよう、リィナ」

ヴァルトの体温も、鼓動も、かすかな身じろぎも寝間着越《ご》しに伝わってくる。

その上、少し掠《かす》れた寝起きの声で名を呼ばれ、額にキスを落とされてしまえば、もう限界だった。

（な、なんで陛下がここにいるの～っ！）

まさか皇帝の寝室で眠ってしまったとは思わずに、フェルリナは内心で叫ぶ。

憑依の魔法《まほう》をコントロールできるようになったとはいえ、やはり不意打ちには弱い。

ふっと意識が遠のき、フェルリナの魂《たましい》はぬいぐるみへと憑依した。

第1章 突然の人質交換

ガルアド帝国皇帝《ていこくこうてい》ヴァルト＝シア＝ガルアドは、遅々《ちち》として進まないとある問題に頭を悩《なや》ませていた。

「……毎日妻が可愛《かわい》すぎて離《はな》れがたいのだが、世の中の夫婦《ふうふ》はどのように折り合いをつけているのだ……？」

おはようからおやすみまで、フェルリナが可愛くて仕方ない。

しかし、互《たが》いに公務が忙《いそが》しくなり、ゆっくりと二人で過ごすことができていないのだ。

豊穣《ほうじょう》祭でフェルリナを皇妃《こうひ》としてお披露目《ひろめ》してしまったばかりに——。

なんとか寝《ね》る前の数十分は夫婦の時間を確保しているが、関係の進展には足りない。

本音を言えば、愛し合う夫婦なのだし、今日からでも同じベッドで眠《ねむ》りたい。

だが、皇妃教育と公務を頑張《がんば》っているフェルリナに無理をさせたくなかった。

それに、一緒《いっしょ》に眠ること以外にも、愛を深める方法などいくらでもあるはず。

(グランには信じてもらえないが、私とてしっかりと学んでいるのだ)

ヴァルトはすでに恋愛《れんあい》指南書の上級編を手に入れていた。

上級編では、ヴァルトが知りたかった夫婦向けの恋愛指南について書かれていたからだ。

「おはよう」と「おやすみ」のキス、「いってきます」と「ただいま」のキス。

この他にも、夫婦は恋人《こいびと》以上にキスのルーティンが多いらしい。

そして、このキスで相手の心をしっかりと摑《つか》んでいなければいずれ愛は冷めてしまうのだとか。

そんな恐《おそ》ろしいことになってはたまらない、とヴァルトは毎日フェルリナにキスをしている。

顔を真っ赤に染めながら、必死でヴァルトのキスに応えようとする姿がとにかく可愛い。

思い出すだけで頰《ほお》が緩《ゆる》んでしまう。

さすが上級編。ますますフェルリナへの愛情は増すばかりだ。

夫婦としての関係ももう少し進めたいところだが、いい雰囲気《ふんいき》になったとしても、フェルリナが寝落ちするか、ぬいぐるみに憑依《ひょうい》してしまうかで先に進めない。

今朝も、少しくらい添《そ》い寝したいと思い同じベッドに入ってみたが、フェルリナは目を覚ました瞬間《しゅんかん》にぬいぐるみに憑依してしまった。

とはいえ、ヴァルトはフェルリナが待っていてくれると思えば頑張れるし、可愛い妻の顔を見るだけで癒《いや》されている。

ぬいぐるみに憑依した時は思いきり抱《だ》きしめられるし、安眠《あんみん》効果も絶大だ。

「別に惚気《のろけ》てくれるのはいいんだけどさ、今考えなきゃいけないのはこっちだから」

そう言って、グランは現実逃避《とうひ》していたヴァルトを引き戻《もど》すように、執務《しつむ》机に置かれた一枚の書類を指す。

――ルビクス王国との和平条約に含《ふく》まれる、国境の整備に関する取り決め。

これまで交流がなかったルビクス王国との交易ルートを確保することは、一朝一夕《いっちょういっせき》にできるものではない。

それというのも、ガルアド帝国とルビクス王国との国境沿いには、ルイネス山脈が立ちはだかっており、安全に交易品を運ぶためには山道を整備する必要があった。

ガルアド帝国側の山道は当初の予定通り整備が進んでいる。

しかし、和平を結んで一年以上経《た》つというのに、ルビクス王国側の整備が全く進んでいないことが分かったのだ。

遅くとも一年後には交易の本格的な計画が立てられると考えていたヴァルトたちにとって、その報《しら》せは現実逃避したくなるほど頭が痛い問題だった。

「それで、どうするつもり？」

グランに重ねて問われ、ヴァルトはため息をつく。

「どうもこうも、進めてもらわねば話にならん。戦争の影響《えいきょう》で人手不足となり、物資も足りないだと？　そんなの我が国も似たようなものだ」

山道の整備が進んでいないことを追及《ついきゅう》する文書への回答は、あまりに腹立たしいもので、ヴァルトは思わずくしゃりと握《にぎ》り潰《つぶ》した。

「お～い、一応それ公式文書だぞ」

「……そうだったな」

魔法《まほう》の脅威《きょうい》を抑《おさ》え、これ以上の犠牲《ぎせい》や反発を出さないために和平という道を選んだが、ルビクス王国側は敗戦国とは思えないほどガルアド帝国を舐《な》めている。

魔法を使える自分たちこそが上位だと思っているのだ。

敗戦国なのだから、属国化してしまえば楽だっただろう。

いくら未知なる魔法を使う相手とはいえ、武力ではガルアド帝国が勝っていたのだから。

しかし、それをしなかったのは、先代の――父のようになりたくなかったというヴァルトの意地でもあった。

支配下に置かずとも、略奪《りゃくだつ》せずとも、ガルアド帝国を強く平和な国にしてみせる、と。

(和平を結んでよかったことといえば、リィナと結婚《けっこん》できたことだけだな)

フェルリナを人質《ひとじち》として差し出してくれたことだけは、ルビクス王国に感謝したいくらいだ。

彼女のことを想《おも》うだけで、ヴァルトの胸の内にくすぶっていた怒《いか》りが静まっていく。

「あと一カ月待っても準備が進んでいなければ、ルビクス王国側の領土だろうが我が国が整備を進めると伝えろ。これ以上は待てない」

貴族議会でも正式に方針を固め、ルビクス王国へと通達した数日後。

事態は思わぬ方向へと流れていくことになる。


「なんだ、これは……？」

ルビクス王国からの書状に目を通し、ヴァルトは怒りに震《ふる》えた。

手元の書状はすでにくしゃくしゃに握り潰されている。

殺気を纏《まと》うヴァルトの様子に、書状を運んできたグランもただ事ではないと察する。

「また何か変な要求でもしてきた？」

ヴァルトが怒りに任せて破り捨ててしまう前に、グランはさっと書状を奪《うば》う。

書状のしわを伸ばして内容に目を通し、ヴァルトの怒りの理由を知った。

『――第三王女フェルリナを人質として差し出したのは間違《まちが》いであった。我が国の不手際《ふてぎわ》をお詫《わ》びする。正式な人質は第一王女マーガレットにつき、準備ができ次第《しだい》、迅速《じんそく》に人質交換《こうかん》を行いたい――』

交易ルートに関する返事ではなかった。

それどころか、ヴァルトがこの世で最も大切に想っている存在を脅《おびや》かす要求だ。

本当にルビクス王国は余計な問題ばかりを起こしてくれる。

「今更《いまさら》人質交換だと？　――ふざけるな！」

怒りを抑えきれず、ヴァルトは力任せに拳《こぶし》を振《ふ》り下ろした。

重厚《じゅうこう》な執務机にヒビが入ったが、そんなこと今はどうでもいい。

（リィナが、どれだけの覚悟《かくご》を持ってガルアド帝国に嫁《とつ》いできたのかも知らないで……）

フェルリナには、和平のために拷問《ごうもん》される覚悟も、無価値な王女だと殺される覚悟もあった。

冷酷《れいこく》皇帝の恐ろしい噂《うわさ》に怯《おび》えながらも、和平のために役に立てることを探し、健気《けなげ》に頑張ってくれた。

厄介払《やっかいばら》いのようにフェルリナを差し出しておいて、今になって間違いだなどと、どれだけ彼女とガルアド帝国を侮辱《ぶじょく》するのか。

敗戦国であるという立場を忘れているとしか思えない。

フェルリナが皇妃となって、もうすぐ半年。

すでにフェルリナはガルアド帝国の皇妃として皆《みな》に認められつつあり、公務も問題なくこなしている。

正式な人質だというルビクス王国の第一王女マーガレットは、フェルリナを虐《しいた》げ、その心に傷をつけたうちの一人だろう。

そんな人間にフェルリナ以上の価値があるとは思えない。

それに何より、政略結婚ではあるが、ヴァルトとフェルリナは愛し合っている。

互いの気持ちを確かめ合い、本物の夫婦としてこれから歩んでいこうという時に、邪魔《じゃま》されてたまるか。

ヴァルトはグランの手に渡《わた》った書状を絶対零度《れいど》の眼差《まなざ》しで睨《にら》みつける。

「グラン、燃やせ」

「は⁉　いや、気持ちは分かるけど、国璽《こくじ》が捺《お》された文書を燃やすのは」

「つべこべ言うな。そんなふざけた要求を相手にしているだけ時間の無駄《むだ》だ」

フェルリナは誰《だれ》にも渡さない。

ましてや彼女を蔑《さげす》み、傷つけてきたルビクス王国になど返すものか。

胸の内で激しく燃える怒りの炎《ほのお》で、体中が熱かった。

「でも、本気で無視するつもりじゃないだろ？」

「あぁ。勝手に準備を進められても困るからな。返事は出す――人質交換など断固拒否《きょひ》だとな」

ヴァルトは氷のように冷たい声で、吐《は》き捨てるように言った。

（もう二度と彼女に手出しはさせない）

自分には価値がないと思い込んでいたことや悪夢にうなされていた姿を思い出すと、胸が痛くなる。

ルビクス王国で彼女が受けた仕打ちは絶対に許せない。

今すぐ彼女が感じた以上の苦しみを味わわせ、地獄《じごく》に落としてやりたい。

しかし、そんな暇《ひま》があったら一秒でも長くフェルリナの側にいて、抱きしめてやりたいとも思うのだ。

ヴァルトにとって何よりも大切なのは、フェルリナの幸せだ。

優《やさ》しい彼女は、ルビクス王国の者たちが傷つくことでさえ、心を痛めてしまうだろう。

「妃殿下《ひでんか》が聞いたら驚《おどろ》くだろうね」

「彼女には伝えるな。どうせ断るんだ。こんなことで煩《わずら》わせたくない」

もし人質交換のことを知れば、フェルリナはきっと気に病《や》んでしまうから。

何があっても人質交換には応じないのだから、わざわざフェルリナに伝える必要もないだろう。

できるだけルビクス王国には関わらせたくない。

「うん、その方がいいかもね。皇妃教育も公務も頑張ってるみたいだし」

彼女の元教育係だったグランも同感だと頷《うなず》いた。

フェルリナが努力しているのは、ヴァルトの隣《となり》に立つに相応《ふさわ》しい皇妃になるため。

自分を支えるために一生懸命《いっしょうけんめい》になっている姿は、たまらなく愛おしい。

ヴァルトも、フェルリナを守るためにできることは何でもする。

「ルビクス王国が何故《なぜ》突然《とつぜん》このような話を持ち出してきたのかは探《さぐ》る必要があるな」

「そうだね。でもホント、どうしてよりにもよって人質交換なんだろうね。皇帝夫妻が仲睦《むつ》まじいっていうのは豊穣祭がきっかけで広まってるし、ヴァルトが応じるはずないって向こうも分かりそうなものだけど」

グランの言う通りだった。

豊穣祭後、勘違《かんちが》いや誤解が生まれないようにと、ヴァルトはいかに自分たちが愛し合う夫婦なのかを帝都《ていと》新聞を通して国民に広めた。

わざわざ新聞を使ったのは仕返しの意味もあったが、皇帝の愛する皇妃に手を出そうという輩《やから》を排除《はいじょ》するためだ。

それはルビクス王国も例外ではない。

新聞という形に残る媒体《ばいたい》であれば、簡単に調達が可能だろう。

他国の情勢《へいさ》を正しく把握《はあく》するのは国にとって重要なこと。

いくら閉鎖的なルビクス王国でも、和平を結んだガルアド帝国の情報を知らないはずがない。

「どういうつもりで人質交換を申し出てきたのか、探ってくれ」

「了解《りょうかい》」

いつもはへらりと笑《え》みを浮《う》かべているグランも、今回ばかりは真剣《しんけん》な表情で頷いた。

それだけヴァルトにとってフェルリナの存在が大きいと知っているからだ。

しかし、拒否すると突《つ》っぱねたにもかかわらず、その後もルビクス王国からは人質交換を求める書状が何度も送られてきた。

ルビクス王国は本気でフェルリナを連れ戻し、マーガレットを人質の皇妃に据《す》えるつもりなのだろうか。

もちろんすべて断っているが、そろそろ我慢《がまん》の限界だった。

「今更、フェルリナがいない日々に戻るなんて無理だ」

想像するだけで耐《た》えられない。

怒りと不安で、思わず拳に力が入る。

ヴァルトのために一生懸命で、いつも支え、癒してくれる存在。

こんなにもフェルリナが愛おしくてたまらないのに、手放せるはずがない。

ルビクス王国に奪われてなるものか。

「おいヴァルト、その手、大丈夫《だいじょうぶ》か？」

グランに指摘《してき》され、ヴァルトは自分の手を見る。

いつの間にか、左手が血まみれになっていた。

拳を強く握りしめすぎて、爪《つめ》が掌《てのひら》に食い込んでいたようだ。

痛みも感じないほどの怒りに支配されていた自分が情けない。

感情的になって判断を見誤ってはならない。冷静にならなければ。

「私は問題ないが、ルーに血がついたらまずいな」

隣に座るクマのぬいぐるみを見て、ヴァルトは真剣に言った。

ヴァルトは左手にさっと包帯を巻き、止血する。

「いや、そういうことじゃなくて」

「なんだ？」

「もういいや。それについては妃殿下に任せるよ」

グランはやれやれと肩《かた》を落とした。

どうしてここでフェルリナが出てくるのだろうか。

今、ぬいぐるみにフェルリナの魂《たましい》は憑依していない。

だが、ぬいぐるみの可愛い姿を目に入れたおかげで、先ほどよりは冷静になれた気がする。

（リィナを怖《こわ》がらせてしまうところだったな）

怒りを抑え、ヴァルトはフェルリナの待つ私室へと帰る。

自分では完璧《かんぺき》に隠《かく》しきれていると思っていたのだが――。

「陛下、お帰りなさいませ……って、その手はどうなさったのですか⁉　大丈夫なのですか？」

ヴァルトの左手に巻かれた包帯を見るなり、フェルリナの顔が青ざめ、オロオロし始めた。

「かすり傷だから心配ない。私の血でルーを汚《よご》さないよう、包帯を巻いているだけだ」

ふわふわのぬいぐるみに視線を向けて、ヴァルトは安心させるように言った。

しかし、フェルリナは泣きそうな顔をして訴《うった》えてくる。

「ルーのことはいいんです！　わたしが心配しているのは陛下のことです！」

「は……？」

あっけにとられたのはヴァルトの方だ。

戦場では傷だらけで、生死をさ迷うような大怪我《おおけが》を負ったことだってある。

こんな小さな傷など、気にしたこともなかったのに。

「血が出たなんて、痛かったですよね。今はもう痛くないですか？」

「あ、あぁ」

「早く治りますように」

フェルリナの両手が優しくヴァルトの左手を包み込む。

包帯越《ご》しに感じるぬくもりに胸が熱くなった。

思わずヴァルトはフェルリナを抱きしめる。

（リィナはどこにも行かせない……絶対に）

どこの誰が相手でも、何を引き換《か》えにしても手放せるはずがない。

フェルリナはヴァルトの愛する人だ。

この先、ルビクス王国が何を要求してきても、彼女だけは守ってみせる。

「あの、陛下？　傷にさわりませんか？」

「リィナを抱きしめていれば癒される」

フェルリナがここにいることを確かめたくて、ヴァルトはさらに抱きしめる腕《うで》に力を込める。

フェルリナの細い首筋に顔を埋《うず》め、唇《くちびる》を寄せた。

「ひゃっ」

可愛い声が聞こえて、白い肌《はだ》がほんのりと赤く染まる。

フェルリナの鼓動《こどう》がどんどん速まるのを布越しに感じ、これ以上はまずいと自分を抑えた。

（何の心配もせず、ずっとこうしていたい）

ヴァルトはかすかにため息をこぼす。

今のヴァルトの弱点は、間違いなくフェルリナだ。

ルビクス王国からの連日の要求は、ヴァルトを不安にするには十分なものだった。

このまま断り続けていても埒《らち》が明かないのは分かっている。

どうすべきか、ヴァルトは思い悩んでいた。

「……もしかして、何かあったのですか？」

互いの鼓動を感じられる距離《きょり》にいるのだから、ヴァルトのため息にフェルリナが気づかないはずがなかった。

だが、言えるはずがない。言いたくない。

（もし、リィナが人質交換に応じると言ったら――）

和平のために役に立ちたい。その一心で嫁いできたフェルリナだ。

人質交換が互いの国の――和平のためになるのなら、応じると言いかねない。

フェルリナは、自分を犠牲にすることに慣れすぎているから。

ヴァルトは誤魔化《ごまか》すようにぎこちない笑みを浮かべた。

「いや、何でもない。少し疲《つか》れているだけだ」

「……やはりまだ、わたしでは陛下のお力になれませんか？」

「それは違う！　リィナが側にいてくれるから頑張れるんだ」

本心だ。

フェルリナを手放したくないからこそ、ヴァルトは悩んでいる。

「お願いです！　何かあったのなら話してください。一人で抱《かか》え込まないで……わたしにも一緒に悩ませてほしいんです。だって、わたしは、ヴァルト様の、つ、妻ですから

「……！」


そう訴えられ、ヴァルトは息をのむ。

妻だと顔を真っ赤にしながら口にしたフェルリナが愛《いと》しくてたまらない。

その気持ちが嬉《うれ》しかった。

だから、ヴァルトはそっと抱擁《ほうよう》を解いて頷いた。

「……分かった。座って話をしよう」


心を落ち着ける効果のあるハーブティーを淹《い》れて、フェルリナは定位置になりつつあるヴァルトの隣に腰《こし》かける。

深い青色のソファは座り心地《ごこち》が良く、改まって話をする緊張《きんちょう》も一緒に包み込んでくれそうだ。

「ん、美味《おい》しい。リィナの腕は日に日に上がっているな」

「ありがとうございます！」

ヴァルトの口に合ったようで安心する。

にっこりと微笑《ほほえ》むと、ヴァルトはフェルリナの肩を抱き寄せた。

そして、話し始める。

「実は今、ルビクス王国との間で問題が起きていてな……」

「！」

交易ルート確保の現状をヴァルトから聞き、フェルリナは青ざめる。

ヴァルトを悩ませている元凶《げんきょう》は、フェルリナの母国だった。

「陛下、ご迷惑《めいわく》をおかけしてしまい、申し訳ございません……！」

「リィナが謝ることではない」

「いいえ。きっとわたしがルビクス王国にとって無価値な人質だから、強気になって無茶な要求ができるのです……」

ルビクス王国側にとって、フェルリナは殺しても問題のない王女だ。

人質としての抑止《よくし》力はない。

しかし、そのせいでこれほどまでにルビクス王国がガルアド帝国に対して横暴だとは思わなかった。

「だが、君が皇妃ではなかったら、私はルビクス王国との和平の道をすぐに諦《あきら》めていたかもしれない。それに、誰かをこんなにも愛しいと思う気持ちを知ることもなかった」

ヴァルトは目を細め、フェルリナの手を取った。

フェルリナが人質の王女として嫁いだからこそ、今の関係がある。

二人は手をぎゅっと繋《つな》ぎ、互いに笑みを浮かべる。

「はい。わたしも、わたしが人質に選ばれてよかったと思います」

ヴァルトに出会えて、想いを通じ合わせられた今がとても幸せだから。

自分以外の誰かがヴァルトの隣に並んでいる姿なんて、想像したくもない。

一時期は、ヴァルトが抱くぬいぐるみに対しても嫉妬《しっと》を覚えていた。

そのぬいぐるみのルーも、今では仲良く一緒に座っている。

「でも、どうして交易ルートの整備に非協力的なのでしょう……？」

大国であるガルアド帝国との交易ルートが確保できれば、ルビクス王国にとっても有益な取引が増えるはずなのに。

そんなにもルビクス王国の内情は、貧窮《ひんきゅう》しているのだろうか。

「明確な理由は私にも分からないが、ルビクス王国は我が国より南東にあり、比較的《ひかくてき》暖かい気候だ。作物も育ちやすいだろうし、自給自足で事足りてきたのかもしれない」

ルビクス王国の意図が分からず、ヴァルトもかなり頭を悩ませているようだ。

（わたしがルビクス王国の王女として、お力になれることはないかしら……）

ルビクス王国にとって、自分は価値のない存在だと分かっている。

それでも、仮にも和平のために嫁いだ王女だ。

そして、今はただの人質ではなく、正式なガルアド帝国の皇妃として受け入れられつつある。

両国を繋ぐ立場として役に立ちたい。

ヴァルトを悩ませている最大の問題については知らぬまま、フェルリナはそんな淡《あわ》い期待を抱いていた。


人質交換の要求を断り続けて数日。

事態が突然動き出したのは、久しぶりに皇帝夫妻が朝食を一緒にとり、食後の紅茶を楽しんでいる時だった。

「陛下、大変です！」

フェルリナとの時間を邪魔され、ヴァルトは思わず伝令の騎士《きし》を睨みつける。

もしどうでもいい情報だったらただではおかない。

そんなヴァルトの気迫《きはく》を感じたのか、騎士は顔を引きつらせながらも口を開いた。

「……ルビクス王国からの使者が昨日夕刻、砦《とりで》を訪《おとず》れ、陛下との会談を求めているとのことです！」

「何だと？」

国境を守る砦に詰《つ》めている騎士からの伝令によれば、交易ルートに関する交渉《こうしょう》のために使者が来ているという。

それも、王族が。非常に面倒《めんどう》だ。

(ふざけた要求の次は、不意打ちの直接交渉か)

ガルアド帝国に対する不誠実な対応の数々を考えれば、ルビクス王国が前触《まえぶ》れもなく訪問したとて相手にする必要はない。

しかし、書面でのやり取りでは埒が明かない現状を考えると、直接王族と交渉ができるのはまたとない機会だ。

そして、いくら断っても送られてくる人質交換の要求についても、はっきりと応じる気はないと伝えよう。

そうと決まれば、行動は早い方がいい。ヴァルトは立ち上がる。

「すぐに準備して砦へ向かう。ルビクス王国側の使者には砦で待つように伝えろ」

「はっ！」

伝令の騎士が去り、室内はフェルリナと二人きりになる。

「すまない。今から砦へ向かわねばならなくなった」

フェルリナと過ごすはずだった時間を奪ったことの責任はとってもらおう。

ヴァルトは怒りを抑えながら、フェルリナに背を向けた。

途端、その背に小さな衝撃《しょうげき》がぶつかる。

「わたしも一緒に行かせてください！」

ヴァルトを引き留めるように抱きついたのは、フェルリナだった。

「リィナ?」

「交易ルートの件は、ルビクス王国の王女であるわたしにも責任がありますから……」

フェルリナは、ルビクス王国が勝手な要求をしていることに責任を感じている。

自分に価値があれば、こんなことにはならなかったのではないか——と。

「皇妃としても、少しでも陛下の力になりたいのです!」

「……嫌《いや》な思い出のある家族と会って大丈夫なのか? 無理はしなくていい」

ヴァルトは振り返り、なだめるようにフェルリナの肩にそっと手を置く。

最近は悪夢にうなされる様子はなく、過去に怯える姿も見なくなってきたのだ。

トラウマの元凶であるルビクス王家の人間に会って、フェルリナがまた傷つくのではないかとヴァルトは心配だった。

「わたしは大丈夫です。ガルアド帝国で陛下や皆さんと過ごす日々が心を癒してくれたから、今ならルビクス王家の方に会っても大丈夫だと思えるんです」

そう言って、フェルリナは穏《おだ》やかに微笑んだ。

無理をしているわけでも、強がっているわけでもないと示すように。

ルビクス王家との問題は、和平を結んでいる限り、いつかは向き合わなければならないだろう。

ヴァルトとしてはフェルリナをルビクス王家と関わらせたくなかったが、皇妃という立場上難しいこともある。

今回、勇気を出して同行を申し出てくれたフェルリナの気持ちを大切にしたい。

それでも、ヴァルトはすぐに頷けないでいた。

心配なのはそれだけではないからだ。

人質交換を要求してきているルビクス王国が、フェルリナに余計なことを言ったりしないか。

フェルリナは何よりも大切な宝物で、ヴァルトの弱点。

できることなら、誰にも傷つけられない安全で優しい場所にいてほしい。

ヴァルトが葛藤《かっとう》しているのを見て、フェルリナはハッと思いついたように口を開く。

「こういう交渉の場には兄が出席するはずなので、その、一番顔を会わせたくない王妃《おうひ》様はいないから大丈夫だと思います！」

「結婚式の時に国王の名代《みょうだい》で来ていたロイス殿下《でんか》か……」

「はい！　お兄様はわたしのことを嫌《きら》って一切《いっさい》関わろうとしなかったので、嫌な思い出もほとんどありません！」

ルビクス王家の参列は、第一王子のロイスだけだった。

愛想《あいそ》笑いの一つもない無表情で、全身から不機嫌《ふきげん》さがにじみ出ていたことを覚えている。

結婚式の時も、確かにフェルリナとは一言も口をきいていなかった。

フェルリナ自身も、ロイスの姿を見て緊張することはあっても、恐怖《きょうふ》に怯えている様子はなかったように思う。

（……結婚式の時、彼女を一番怯えさせたのは私だろうな）

あれだけ冷たい態度をとり、酷《ひど》いことを言ったのに、フェルリナはヴァルトを許し、側にいてくれる。

優しさと、癒しと、愛情をくれる。

ヴァルトも、フェルリナがくれる以上の愛情をもって彼女を幸せにしたい。

「それに、陛下が一緒なら何も怖くありません」

フェルリナはヴァルトの手にそっと触《ふ》れた。

愛する人に絶対の信頼《しんらい》を寄せられて、裏切るわけにはいかない。

守りたいぬくもりを手に、ヴァルトも意思を固めた。

「本当に、リィナには敵《かな》わないな……同行を許そう」

「陛下！　ありがとうございます！」

ホッとして笑みをこぼすフェルリナを愛しく思いながらも、ある一点に少しの不満を抱く。

じっとフェルリナを見つめていると、ヴァルトの視線と不満顔に気づいたのか、言い直す。

「……ヴァルト様、ありがとうございます」

頬を赤く染めて、フェルリナがヴァルトの名を口にする。

二人きりの時はできるだけ名前で呼んでほしい。

そんなヴァルトの我儘《わがまま》に、フェルリナは一生懸命応えようとしてくれているが、自然に名を呼べるようになるにはまだ時間がかかりそうだ。

ヴァルトの名を口にするだけで真っ赤になるフェルリナが可愛くて、思わずその頬に口づける。

（私がリィナに甘えていることには気づいていないのだろうな）

心を許している彼女だからこそ、こんな子どもじみた我儘が言えるのだ。

「絶対に私から離れないと約束してくれ」

「はい！　離れません！」

そうして二人で手を繋いだまま馬車に乗り、砦へと向かった。

交渉の場には、皇帝の側近であるグランと皇妃の侍女《じじょ》であるリジア、そして護衛のために近衛《このえ》騎士団が同行する。

しかし、今回は突然の来訪で、公式な会合ではない。

余計な詮索《せんさく》が起きないよう、今回の件を知るのはごく一部の人間のみだ。

少数精鋭《せいえい》で編制された騎士に馬車を護衛される道中、フェルリナは気合を入れていた。

(陛下は、絶対にわたしが守ってみせますからね!)

隣に座るヴァルトの綺麗《きれい》な横顔をちらりと見て、好きだなと改めて思う。

大好きな人を守りたい。

だからこそ、無理を言って同行を許してもらったのだ。

ぬいぐるみに憑依する魔法について知られると厄介だからルーは留守番だ。

ルビクス王国からの使者は王族だという。

王家の血を引く者は、〝古《いにしえ》の遺品〟に封《ふう》じられた魔法を操《あやつ》ることができる。

交渉の場では、何が起こるか分からない。

魔法に耐性《たいせい》のないヴァルトを守れるのはきっと、フェルリナだけだから――。

長距離《ちょうきょり》の移動となるため、宿泊《しゅくはく》や休憩《きゅうけい》を挟《はさ》みながら、最短ルートで馬車は目的地の砦へと到着《とうちゃく》する。

そして、使者が待つという部屋へ、早速《さっそく》ヴァルトと共に向かう。

(大丈夫。わたしには陛下や、皆さんがいてくれるから)

ルビクス王国の人間に何を言われようと、負けたくない。

ヴァルトがフェルリナに価値を与《あた》えてくれた。

ガルアド帝国の皇妃として受け入れてもらえたおかげで、自信を持って立つことができる。

だから、過去に怯える必要はない。

しかし――。

「あら。随分《ずいぶん》と分不相応な身なりをしているではないの」

久しぶりに聞いた王妃ヴィエラの声は、フェルリナのなけなしの勇気を一瞬《いっしゅん》で吹《ふ》き飛ばした。

会合のために用意された部屋。

そこで待っていたのは、予想していた兄ロイスだけではなかった。

（どうして、王妃様とお姉様が……）

絶対に来るはずがないと思っていた王妃ヴィエラと異母姉の第一王女マーガレットの姿を見て、フェルリナは息をのむ。

「何故、この場に女性が――それも王女までいる……？」

隣では、ヴァルトも交易の相談をする場に王妃と王女がいるのを訝《いぶか》しんでいた。

当の本人は緊張した様子もなく、くるくると指で後《おく》れ毛《げ》を弄《もてあそ》びながら椅子《いす》に座っている。

マーガレットのまばゆく輝《かがや》く金色の髪は華《はな》やかに結《ゆ》い上げられ、首元には瞳《ひとみ》の色と同じ大粒《おおつぶ》のエメラルドが輝く。

豪華《ごうか》な金の刺繍《ししゅう》が施《ほどこ》された緑のドレスはこの日のために新調したのだろう。

自他共に認める美しさを持つマーガレットは、自身を着飾《きかざ》ることが趣味《しゅみ》だった。

いつも華やかに着飾る美しい姉に蔑まれる度《たび》、フェルリナは自身の醜《みにく》さを思い知らされていた。

美しいものが大好きな姉は、もちろん醜いフェルリナを毛嫌《けぎら》いしていた。

「お母様の言う通りだわ。宝石たちが可哀想《かわいそう》」

マーガレットの唇がにっこりと弧《こ》を描《えが》く。

皇妃としての装《よそお》いがフェルリナには分不相応だと笑う。

フェルリナが身に着けているのは、深みのある青い生地《きじ》に銀糸の刺繍が施された美しいドレスに、ブルーサファイアのネックレスと髪飾り。

これらはすべてヴァルトからの贈《おく》り物で、フェルリナのお気に入りでもある。

全身を彼に守られているようで、とても安心するのだ。

自分を着飾ることにはまだ慣れないけれど、今日もリジアが身支度《みじたく》を整えてくれ、「完璧です！」と送り出してくれた。

何も怖がることはないはずなのに、虐げられた記憶《きおく》はそう簡単に消えてはくれない。

王妃たちを前にしてフェルリナはすっかり怯えてしまい、動けなくなっていた。

「確かに。宝石やドレスが霞《かす》んで見えるほど、私の皇妃は美しい」

フェルリナの手を安心させるように握って、ヴァルトは微笑む。

そして、立ちすくんだままのフェルリナの腰を優しく抱いて、椅子までエスコートしてくれた。

着席した後も繋がれた手が離れることはなく、それだけ心配をかけているのだと分かる。

(このまま俯《うつむ》いているだけじゃ、ついて来た意味がないわ……!)

ここは外交の場で、自分は皇妃としてここにいる。

フェルリナはもう一度勇気をかき集めて、顔を上げた。

まだ怖い気持ちはあるが、隣にはヴァルトがいてくれる。

もう大丈夫だと伝えるように、フェルリナは繋がれたヴァルトの手に、もう片方の手で触れた。

心配そうな眼差しに強く頷けば、ゆっくりとその手は離れていく。

その様子をマーガレットがじっと見ていたことに、フェルリナは気づいていなかった。

「さて。早速、本題に入ろうか」

鋭《するど》いダークブルーの双眸《そうぼう》が、王妃たちに向けられる。

今まではぐらかされてきた交易ルートの整備について、ヴァルトはここで一つの決着をつけるつもりでいるのだ。

これ以上余計な時間はとりたくない。

そんなヴァルトの圧を前にしても、王妃は優雅《ゆうが》に扇《おうぎ》を広げて黒い笑みを浮かべた。

「ガルアド帝国の皇帝陛下は、わたくしたちをもてなすお気持ちがないのかしら？　この飾《かざ》り気《け》のない砦で何日も待たされたのよ？　それに、初対面だというのに挨拶《あいさつ》もなく、いきなり本題というのも不躾《ぶしつけ》ですわ」

「どうやら誤解があるようだ。ここは客人をもてなす場ではなく、外交について話し合う会合のはず。ましてや前触れもなく訪問されても、こちらにはもてなす術がない。もし観光に来たのであれば、我が国の騎士が今すぐ案内するが？」

部屋の温度が急速に下がっていくのを感じる。

そろそろ夏を迎《むか》える季節だというのに、どうしてこんなにも凍《こご》えそうなのか。

先ほどとは違う意味で、フェルリナの体はぶるりと震えた。

すると、それまで黙《だま》っていたロイスが口を開いた。

「私は陛下の名代として、陛下からの伝言を預かってきている。本題の前に伝えても？」

淡々《たんたん》とした、感情のない物言いは変わっていない。

こうしてロイスが話すのをフェルリナは久しぶりに見た。

兄は使用人の子であるフェルリナを嫌悪《けんお》し、徹底《てってい》的に避《さ》けていたから、ほとんど話をしたことがないのだ。

今も、ロイスはフェルリナを一切視界に入れようとしない。

「……分かった。まずは伝言を聞こう」

ヴァルトは硬《かた》い表情で、ロイスの言葉に頷いた。

(お父様からの伝言……)

結婚式にも、今回の会合にも、国王である父は現れなかった。

ヴァルトが送った文書に対する回答も、不誠実な内容ばかり。

もし、ヴァルトが噂通りの冷酷皇帝であったならば、人質であるフェルリナの命はなかっただろう。

ルビクス王国が様々な問題を起こしても、和平が保たれているのはヴァルトのおかげだ。

一体、父は何を考えているのだろう。

緊張しながら、フェルリナも父王からの伝言を聞く。

「ガルアド帝国の〝古の遺品〟は問題なく保管しているのか。〝古の遺品〟はルビクス王国の地にあるべきもの。いずれ時がくれば返してもらう——とのことだ」

「何だと？　そもそもこちらは〝古の遺品〟の正しい保管方法すら聞いていない。和平を結んだ際にも情報を渡すよう要求していたはずだが？」

ガルアド帝国で保管している〝古の遺品〟は、ちょうどここルイネス山脈で発見された。

鉱員たちが発掘《はっくつ》作業中に見つけた、木彫《きぼ》りの箱。

その中には、金の花模様の装飾《そうしょく》が美しい真っ赤なブローチが入っていた。

蓋《ふた》を開いた途端《とたん》にブローチは赤い光を放ち、箱を持っていた鉱員は恐ろしい幻覚《げんかく》を見て倒《たお》れた。

他の数名も同じように意識を失い、砦に滞在《たいざい》していた騎士が出動する騒《さわ》ぎになった。

意識を失った者たちは幸い数日で目を覚ましたが、しばらく悪夢や幻聴《げんちょう》に悩まされていた。

その報告を受けたヴァルトによってブローチは木彫りの箱ごと回収され、今も城で厳重に保管されている。

人に幻覚を見せ、意識を奪った危険なブローチ。

ただのブローチでないことは間違いない。

魔法が封じられた〝古の遺品〟など、眉唾物《まゆつばもの》として信じていなかったヴァルトが、その存在を調べようと思った矢先――ルビクス王国から〝古の遺品〟の返還要請《へんかんようせい》があったのだ。

出土した鉱山までをもルビクス王国のものだと主張されたため、その要求は却下《きゃっか》し、無視していた。

その後宣戦布告され戦争となり、ガルアド帝国が勝利したのだ。

「それなら、何度も申し上げている通り、手違いで嫁がせたそこの第三王女ではなく、正統な血筋と教養のあるマーガレットを皇妃にすれば解決することですわ」

パチンと扇を閉じて、王妃は真っ赤な唇に笑みを浮かべた。

――返さぬというのなら、せいぜい壊《こわ》さぬよう、大切に保管することだ。

終戦後、ルビクス王に会いに行った際に告げられた言葉。

〝古の遺品〟はルビクス王家の者しか破壊《はかい》することができず、何の関係もない者が破壊しようと触れれば呪《のろ》いが広まるとも言っていた。

鉱員たちが幻覚を見て意識を失ったのは、その呪いによるものだったのか。

ルビクス王の言葉の真偽《しんぎ》は分からないが、警戒《けいかい》しておくに越《こ》したことはない。

だからこそ、ヴァルトはルビクス王家の王女を人質に求めたのだ。

しかし、実際に嫁いできたのは〝古の遺品〟を扱《あつか》えないフェルリナだった。

そのため、今回の人質交換は本来のガルアド帝国の要求に応える取引といえる。

「はじめまして。ルビクス王国第一王女マーガレット＝ルビクスと申します」

マーガレットは長いまつ毛を瞬《まばた》かせ、ヴァルトに美しい笑みを向ける。

ヴァルトの周辺の温度がさらに下がったことには気づかずに。

（え、手違いで嫁がせたってどういうこと……？）

ただ一人、フェルリナはこの会話についていけない。

何度も、ということは以前からヴァルトにはそういった打診《だしん》をしていたのだろう。

冷酷皇帝への人質として、無価値なフェルリナを選んだのは王妃だったはずなのに。

それが手違いだとされ、姉のマーガレットを皇妃に据えようとしている。

マーガレットがこの場にいる意味が分かり、フェルリナはぞっとした。

もし、ルビクス王国側の主張が通ってしまったら――。

(陛下と一緒にいられなくなる……？)

フェルリナの胸は不安で押し潰されそうだった。

「こちらは一切応じないと伝えている。これ以上その件について話すつもりはない」

ヴァルトは怒りを抑え、冷静に答える。

その返事にホッとしながらも、フェルリナは落ち着かない。

どんなことをしてでも自分の思い通りに事を進めてきた王妃が言い出したことだからだ。

「ふふ。ですが〝古の遺品〟を正しく扱える人間は必要でしょう？　その娘《むすめ》は王女とは名ばかりで魔法のことは何も知りませんわよ。マーガレットならば〝古の遺品〟に封じられた魔法についてもお伝えすることができますわ」

「ええ。ガルアド帝国の未来を思うならば、私を皇妃にすべきですわ」

何故か冷酷皇帝との結婚を嫌がっていたはずのマーガレットまでもが自分を売り込んでいる。

自信満々の笑顔は美しく、堂々としている。

王妃と姉の言い分は正しい。

正しいからこそ、自分が何もできないことが悔《くや》しかった。

「何度も言わせるな。人質交換は必要ない。私の皇妃はフェルリナだけだ」

強く、きっぱりとヴァルトは言い切った。

まだ弱いフェルリナの心を、ヴァルトの言葉が強くしてくれる。

(わたしも何か言わなきゃ……！)

パッと顔を上げた時、ロイスの冷めた瞳と目が合った。

「フェルリナ。お前は自分がルビクス王国の王女として、ガルアド帝国の〝古の遺品〟を問題なく保管し、和平を保つ自信があるのか？」

「……っ！」

ロイスはフェルリナが確実に是《ぜ》と答えられない問いを投げた。

もし、ガルアド帝国の〝古の遺品〟に問題があったら？

もし、危険な魔法が封じられていて、ガルアド帝国に被害《ひがい》があったら？

何も知らないフェルリナのせいだ。

(わたしが正統な王女で、魔法を学んでいれば陛下の役に立てたのに)

どれだけガルアド帝国で学んでも、魔法の知識は得られない。

〝古の遺品〟の扱い方なんて分かるはずがなかった。

「あなたの皇妃は何も答えられないようだ。貴国の将来のためにも、皇妃が役立たずでは困るのでは？」

ルビクス王国では、王族は皆、魔法の授業を受ける。

古の魔法使いが残した魔法がいかに素晴《すば》らしく、美しいものであったかを学ぶ。

そして、その素晴らしい魔法が封じられた〝古の遺品〟についても。

しかし、フェルリナはいつも離宮《りきゅう》で一人寂《さび》しく過ごしていたから、そんな授業があったことすら、嫁ぐ直前に知ったのだ。

「フェルリナは皇妃として十分すぎるほど尽《つ》くしてくれている。何の問題もない」

ヴァルトの言葉に、フェルリナの胸は熱くなる。

豊穣祭が終わり、貴婦人たちとのお茶会、夜会への参加、謁見《えっけん》、慈善《じぜん》事業など、皇妃としての公務は少しずつ増えてきた。

失敗しそうな時はヴァルトがフォローしてくれて、改善すべき点はミシェル夫人が指摘してくれる。

そうしてなんとかこなせるようになってきたが、自分がちゃんとできているのか心配だったのだ。

「陛下……ありがとうございます」

「君は皇妃としての務めを立派に果たしてくれているのだから、堂々としていればいい」

「はい」

ヴァルトのことが心配でついてきたのに、結局いつも守られてしまう。

もっと強くならなければ。

ミシェル夫人も言っていた。

フェルリナに最も足りないのは『自信』だと。

「そもそも、今頃《いまごろ》になって手違いだったとはどういうことだ。勝手に人質交換を持ち掛《か》けてくるなど、失礼甚《はなは》だしい。これ以上この件を持ち出して、我が国と彼女を侮辱することは許さん」

フェルリナを役立たずだと侮辱され、ヴァルトは憤《いきどお》っていた。

纏う空気は一段と冷たくなり、怒りを宿したダークブルーの瞳に睨みつけられれば凍《こお》りつきそうだ。

しかし、そんなヴァルトを前にしてもロイスは顔色一つ変えない。

「当初はフェルリナでも問題ないだろうと思って送り出したが、後になってそちらで保管している〝古の遺品〟には危険な魔法が封じられている可能性が高いと分かった。父上からの伝言は、貴国のためを思ってのことだ」

すらすらとロイスの口から出てくる言葉に、フェルリナはじわじわと追い詰められているような気がした。

「何が言いたい？」

「人質交換は、万が一〝古の遺品〟が暴走した場合、フェルリナでは無力であるため、適任のマーガレットを申し出た。貴国で保管されている〝古の遺品〟の危険度を当初すぐに測れなかったのは申し訳ない。これが手違いの理由だ。すべては貴国のことを思っての申し出である」

それでも、人質交換を断るのか。

ロイスの目はヴァルトにそう問うていた。

フェルリナの心臓が嫌な音を立てる。

「我が国のことを思って申し出てくれたのはありがたいが、わざわざ人質交換をせずとも、和平を結んだ友好国として協力してくれればよい。〝古の遺品〟の危険度を測れなかった不備がそちらにあるのならば、協力してくれるのだろう？」

ヴァルトはロイスの言い分を逆手にとり、言い返す。

何を言われても、ヴァルトは人質交換に頷いたりしない。

そのことが涙《なみだ》が出そうになるくらい嬉しくて、同時に申し訳なさで胸が苦しくなる。

（本当にわたしが皇妃のままでいいの……？）

もちろん、フェルリナは大好きなヴァルトの側にいたい。

しかし、ガルアド帝国がルビクス王国と和平条約を結んだのは、未知なる魔法の脅威を抑えるためだ。

魔法に関して何の知識もない自分よりも、確かにマーガレットの方が適任だ。

和平条約の条件にも合致《がっち》している。

ガルアド帝国を——ヴァルトを守りたい。

それなのに、自分が皇妃でいるせいで、ガルアド帝国が危険に晒《さら》されるかもしれない。

守りたい人たちを傷つけるかもしれない。

そう思うと、本当に自分はガルアド帝国にとって価値のある存在なのか、不安になってくる。

フェルリナは俯いて膝《ひざ》の上で拳を握る。

「それでは、ガルアド皇帝陛下は、あくまでもその無能な王女を皇妃に据え続けるおつもりですの？」

王妃ヴィエラのオパールグリーンの瞳が鋭く細められる。

「これ以上無駄話に付き合っている暇はない。交易に関する話が進まないのであれば、これで失礼する」

我慢の限界を迎え、ヴァルトは立ち上がった。

「フェルリナ、もう帰ろう」

——本当はこんな話を聞かせたくなかった。

申し訳なさそうな表情で、ヴァルトはフェルリナに手を差し出す。

「陛下……」

帰ってもいいのだろうか。

戸惑《とまど》いながらも、フェルリナはヴァルトの手を取り、立ち上がる。

ヴァルトは王妃たちの方を見るのも耐えられないと早々に背を向けた。

「せっかく話し合いで解決してあげようと思ったのだけれど、理解してもらえないのなら仕方ないわね」

そう言って、王妃は胸元《むなもと》の赤い宝石が埋め込まれたネックレスに触れた。

王妃が何かを唱えた直後、不自然な光が宝石に集まっていく。

（まさか、ここで魔法を使うつもりなの……っ⁉）

その光がヴァルトに向けられそうになったのを見て、思わずフェルリナはヴァルトを突き飛ばす。

「陛下、離れてっ！」

振り返ったヴァルトと目が合う。

どんな魔法かは分からないけれど、とにかくヴァルトを守らなければということしかフェルリナの頭にはなかった。

「こちらはいつでもその娘を連れ戻すことができるのよ」

という王妃の言葉がどこか遠くに聞こえて、フェルリナの体は真っ白な光に包まれる。

「――こんな風にね」

「フェルリナっ！」

叫《さけ》んだヴァルトの声は、フェルリナには届かない。

一瞬のうちに光とともに消えてしまったから。

そうして、フェルリナがいたはずの場所をヴァルトはただ茫然《ぼうぜん》と見つめていた。

第2章 魔法の脅威

目の前でフェルリナが忽然《こつぜん》と姿を消した。
一体何が起きたのか、すぐには理解できなかった。
ただ、フェルリナを守れなかった。
それだけは確かだ。
守ると誓《ちか》ったのに、魔法《まほう》を前にして何もできなかった。
ヴァルトは自身への怒《いか》りでおかしくなりそうだった。
しかし、今はそれよりも——。
「私の皇妃《こうひ》に何をした？」
状況《じょうきょう》を確認《かくにん》しなければ対策もとれない。
フェルリナの姿を消したのは、王妃《おうひ》の仕業《しわざ》で間違《まちが》いないだろう。
どんな魔法を使ったのか。彼女は無事なのか。
ヴァルトは剣《けん》の柄《つか》に手をかけて、王妃に問う。
「祖国に帰しただけですわ」

王妃は扇《おうぎ》を口元にあてて、悠然《ゆうぜん》と微笑《ほほえ》む。

その言葉の意味は分かるのに、理解したくない。

「どういうことだ？」

「そのままの意味ですわ。あの娘《むすめ》は帝国《ていこく》の皇妃には相応《ふさわ》しくありませんから、魔法でルビクス王国に連れ戻《もど》しましたの」

一瞬《いっしゅん》で人を別の場所に移動させることができるなんて、実際にフェルリナが消えるのを目の当《ま》たりにしなければ信じられなかっただろう。

だが、王妃の言葉を鵜呑《うの》みにはできない。

本当にフェルリナがルビクス王国にいるのかを今すぐ確かめる術は、ヴァルトにはないのだから。

それにもし、転移魔法などではなく、存在を消すような魔法だったら。

ルビクス王国がどのような魔法を使えるのかが分からないため、様々な想像が頭によぎり、心臓が嫌《いや》な音を立てる。

「和平を反故《ほご》にするつもりなのか⁉」

ヴァルトは机にバンと手をつき、王妃に詰《つ》め寄《よ》る。

いくらルビクス王国の王女とはいえ、フェルリナはすでにガルアド帝国の皇妃。

彼女に手を出すということは、ガルアド帝国を敵に回すということだ。

（やはり、先日のデモもこの女の仕業か……）

豊穣祭《ほうじょうさい》で起こった皇妃を批判するデモ。

きっかけになったのは出所不明の新聞記事だった。

フェルリナを貶《おとし》める内容が書かれた記事をばらまいた男は捕縛《ほばく》したが、首謀者《しゅぼうしゃ》については一切《いっさい》口を割らなかった。

割れなかった、という方が正しいかもしれない。

実行犯の男は自分のことすら記憶《きおく》が曖昧《あいまい》で、何故《なぜ》ガルアド帝国にいたのかさえ覚えていなかったのだ。

デモに参加していた民衆たちを調べても、普段《ふだん》は温厚《おんこう》で感情的になることのない者もいて、当人もどうして皇妃を強く批判していたのか分からないと話していたという。

調査を進めていくほどに不自然な点が多く、ヴァルトはルビクス王国の関与《かんよ》を疑っていた。

何より、フェルリナがあの記事をきっかけにルビクス王国での過去を思い出して怯《おび》えていたから。

もしかすると魔法による干渉《かんしょう》があったのではないか――と。

しかし、それをどのように証明するというのか。

証拠《しょうこ》も証言もない中で、他国の王妃を問い詰めることなどできない。

おそらく黒幕は、目の前にいる王妃ヴィエラだろう。

あの騒動《そうどう》はフェルリナの価値を下げ、マーガレットを皇妃にするための布石だったのかもしれない。

魔法という武器を持つ相手から、どうすればフェルリナを無事に取り戻せるのだろう。

ヴァルトは脳内で砦《とりで》にいる騎士《きし》たちと【黒】と共にルビクス王国へ乗り込む算段をつけるが、魔法という不確定要素があるために戦術が立てられない。

守りたい者がルビクス王国にいる今は、二年前の戦争とは状況が違《ちが》う。

ただ攻《せ》め入《い》り、武力で制圧するだけでは駄目《だめ》なのだ。

フェルリナを傷一つなく救い出せなければ意味がない。

ヴァルトの葛藤《かっとう》を嗤《わら》うように、王妃は扇を広げて優雅《ゆうが》に微笑む。

「いいえ。和平を反故にするつもりなどありませんわ。人質《ひとじち》であれば、マーガレットがいるではありませんか」

王妃の言葉を受けて、マーガレットが期待の眼差《まなざ》しをヴァルトに向けている。

苛立《いらだ》ちが増した。

「わたくしは、手違いで人質に差し出してしまったあの娘を回収しただけですわ。こちらの不手際《ふてぎわ》で皇帝《こうてい》陛下にはご迷惑《めいわく》をおかけしてしまい、大変申し訳ございません」

「そんな言い分が通ると思っているのか！　今すぐに彼女を返せ」

ひょうひょうと謝る王妃を前にして、ヴァルトはもう怒りが抑《おさ》えられなかった。

思わず剣を抜《ぬ》きそうになった時、ロイスが淡々《たんたん》と口を開く。

「しかし、和平条約を結ぶ際、そちらも王女の指定はされていなかったはずだ。こちらの手違いで貴国に相応しくない王女を差し出してしまったから、その間違いを正した、ただそれだけのこと。和平条約に反する行為《こうい》など、我々はしていない」

白々《しらじら》しい主張だが、和平条約でヴァルトが王女の選定をルビクス王国に任せていたのは事実だ。

――ルビクス王国の王女であれば誰《だれ》でもいい。

確かに過去の自分はそう言っていた。

誰が来ても愛するはずがないと思っていたから。

しかし、フェルリナという存在を知ってしまった今、誰でもいいなんて思えるはずもない。

過去の自分の発言に、ヴァルトは歯噛《はが》みする。

「私のこと、皇妃としてお迎《むか》えしてくださいますよね？」

マーガレットは、自信に満ち溢《あふ》れた笑《え》みで問う。

「もちろん皇帝陛下はマーガレットを皇妃として大切にしてくれるはずよ。だって、あなたを受け入れてもらえなければ、その悲しみや怒りはすべて無能なあの娘にぶつけてしまうかもしれないもの」

断る、と一蹴《いっしゅう》しようとしたヴァルトの言葉は王妃によって阻《はば》まれた。

(私を脅《おど》すとはいい度胸をしているな)

マーガレットを受け入れなければ、フェルリナに危害を加える。

王妃はそう言っているのだ。

ルビクス王国にとって彼女は価値のない王女でも、ヴァルトにとっては違う。

フェルリナの現状が分からない今、ヴァルトにできることは一つしかなかった。

「分かった。ひとまず、マーガレット王女は客人として迎え入れよう。皇妃が替わるというのは国にとっても一大事だから、少し待ってくれ」

皇妃ではなく、客人として。

それが今のヴァルトにできる最大の抵抗《ていこう》だった。

「ふふ、まあいいわ。あんな子よりも私の方が魅力《みりょく》的だとすぐに気づくはずですもの」

ここで怒りのままにマーガレットを拒絶《きょぜつ》すれば、フェルリナがどうなるか分からない。

それに、和平を結び、まだ戦後処理をしている中、新たな戦争の火種を作るわけにはいかない。

ヴァルトは頭の中で何度も自分に言い聞かせ、マーガレットの言葉に頷《うなず》いた。

「……そうか」

今のところ、フェルリナよりも優《すぐ》れている点が一つも見当たらない。

着飾《きかざ》っているドレスや宝飾品《ほうしょくひん》は質の良《い》いものを使っているのだろうが、それだけだ。

ヴァルトの愛するフェルリナを見下していた時点で、マーガレットに好感を抱《いだ》く日がくるとは思えない。

もはや交易ルートの交渉《こうしょう》どころではなくなり、会合は終了《しゅうりょう》した。

最初から、ルビクス王国側は交易の話を進める気などなかったのだろう。

(……どこにいても、必ず迎えに行く)

今すぐフェルリナを救うために走り出したいのに、それができないことがもどかしい。

行きにフェルリナと一緒《いっしょ》に乗った馬車にマーガレットを乗せて、城へと帰る。

「ガルアド帝国には多くの鉱山があって、宝石もたくさん採れると聞きましたわ。私に相応しい美しい宝石をぜひ贈《おく》ってくださいね？」

宝石だけでなく、ドレスや化粧品《けしょうひん》、調度品の数々も揃《そろ》えてほしいとマーガレットは目を輝《かがや》かせる。

ルビクス王国よりも大国であるガルアド帝国に行けば、贅沢三昧《ぜいたくざんまい》の日々になるとでも思っているのだろうか。

「……あぁ」

ヴァルトは血がにじむほどの強さで拳《こぶし》を握《にぎ》りしめ、行きよりもはるかに長く感じる道中を耐《た》えていた。
かすり傷でも心配してくれた優《やさ》しい彼女は今、側にいないのだ。
その事実に打ちのめされながら。

——フェルリナっ！
ヴァルトに呼ばれた気がして、フェルリナはハッと目を覚ます。
しかし、側にヴァルトの姿はない。
「あれ……？　ここって」
剝《は》がれかけた壁紙《かべがみ》、破れたカーテン。硬《かた》いベッドと壊《こわ》れた調度品の数々。
転がった、小さな手作りのマスコット。
ガルアド帝国に嫁《とつ》ぐまで日常だった風景が、目の前にあった。
ここは、ルビクス王国でフェルリナが過ごしていた離宮《りきゅう》の一室によく似ている。
「……でも、どうして？」
ついさっきまで、会合のためにルイネス山脈の砦にいたはずなのに。
王妃がネックレスに触《ふ》れて、何らかの魔法を発動した。

真っ白な光に包まれ、強い力に引き寄せられたところでフェルリナの記憶は途切《とぎ》れている。

（陛下は無事なのかしら……？）

魔法に巻き込まれないようにとヴァルトを突《つ》き飛ばしたが、どれだけの範囲《はんい》に影響《えいきょう》があるのか分からない。

もしかしたらフェルリナと同じようにヴァルトも近くにいるかもしれない。

そう考え、フェルリナは辺りを探索《たんさく》しようと立ち上がった。

「おや。もう目が覚めましたか？」

不意に後ろから男の声が聞こえて、フェルリナは驚《おどろ》いて転んでしまった。

「大丈夫《だいじょうぶ》ですか？　まだ転移の影響が体に残っているのでしょう。少し休んだ方がいいですよ」

モノクルをした金髪《きんぱつ》の男が、フェルリナに手を差し出す。

黒いローブで全身を覆《おお》った男からは、つんと鼻につく薬品のような匂《にお》いがした。

丁寧《ていねい》な物言いではあったが、フェルリナを観察するように見つめる紫紺《しこん》の瞳《ひとみ》には恐怖《きょうふ》を感じてしまう。

それに、フェルリナがここにいる事情も知っているような口ぶりだ。

フェルリナは男から離《はな》れるように後ずさり、体勢を整える。

「そう怯えないでください。僕の名はシェイン。フェルリナ王女の従兄《いとこ》にあたる者ですよ」

「従兄……ですか？」

自分に従兄がいたことにピンとこない。

しかしその顔をよく見てみると、どことなく目鼻立ちは父と似ているような気がした。

年齢《ねんれい》は二十代前半くらいだろうか。

「ええ。僕の父は国王陛下の弟ブライリーです。さすがに父のことは分かりますか？」

「あっ……」

思い出した。フェルリナは思わず口元を両手で押さえる。

ガルアド帝国に嫁ぐ前、王女が王家の系譜《けいふ》を知らないのはまずいということで、家系図を見せてもらったことがあった。

その時に国王である父ジオルドにブライリーという弟が一人いることを知ったのだ。

たしか記録では数年前に病気で亡《な》くなっているとあった。

そして、ブライリーの息子《むすこ》がシェインという名だった。

「よかった。これで、僕が従兄ということは信じてもらえましたか？」

その問いに、フェルリナは小さく頷く。

「まぁ僕自身、ずっと研究所に引きこもってばかりでフェルリナ王女の存在を知ったのは

最近なので、信じられなくても無理はありませんね」

フェルリナは存在を隠《かく》されるように離宮で暮らしていたので、シェインが知らなかったのも無理はない。

「あの、それよりも、ここはどこですか？」

「もう忘れたんですか？　ルビクス王国でフェルリナ王女が過ごしていた離宮ですよ」

「ど、どうして……」

信じたくはなかったが、やはりここはルビクス王国の離宮だった。

フェルリナの血の気がさあっと引いていく。

「王妃様が転移の魔法を使って、あなたをここに飛ばしたんです。いやぁ、転移の魔法を使えるように準備するのはけっこう大変なんですよ」

そう言って、シェインはわざとらしく肩《かた》をすくめた。

その視線の先には、金の装飾《そうしょく》が美しい全身鏡があった。

つる薔薇《ばら》が鏡の周囲を覆うデザインで、満開の花とつぼみの花と様々な模様が描《えが》かれている。

とても美しいが、同時に恐《おそ》ろしい気配も感じて、フェルリナはすぐに目を逸《そ》らす。

フェルリナの様子を見て、シェインはにっこりと笑みを浮《う》かべた。

「怖《こわ》がらなくても、見つめるだけでは魔法は発動しませんよ。転移魔法は特殊《とくしゅ》で、転移先には対《つい》になる媒体《ばいたい》が必要になります。本体は王妃様がお持ちなので、こちらの鏡だけでは発動できません」

　今まで学べなかった魔法についてさらりと説明され、フェルリナは驚く。

「……あなたは、何者なのですか？」

　彼は魔法の知識を持っており、王妃の命令で転移魔法の準備を進めた。

　フェルリナの味方でないことは確かだ。

「僕はあなたの従兄であり、ルビクス王国の〝古《いにしえ》の遺品〟管理責任者ですよ」

　シェインの肩書《かたがき》に、フェルリナは息をのむ。

　──〝古の遺品〟管理責任者。

（聞いたことがあるわ……お父様が最も信頼《しんらい》を寄せている人だって）

　ルビクス王国で最も重要視されるのは、〝古の遺品〟に関すること。

〝古の遺品〟管理責任者ばかりが国王に特別視されている、と王妃や姉王女たちが不満そうに話しているのを聞いたことがあったのだ。

　その相手がこんなに若い従兄だったとは驚きだ。

　あの厳しい父が信頼を寄せているのだから、シェインは只者《ただもの》ではないのだろう。

「王妃様の我儘《わがまま》には困ったものでしたが、今回ばかりは感謝しなければなりませんね。まさか無能だと思われていたフェルリナ王女に魔法の気配が色濃《いろこ》く残っているなんて……」

モノクルの位置を直し、シェインはフェルリナを見つめて言った。

(何を言っているの……?)

フェルリナの表情から何を言いたいのか察したシェインは、笑顔《えがお》で答えをくれる。

「僕は魔法の気配を視《み》ることができるのです。あなたの体には、転移の魔法とは違う魔法の気配が残っていますね。何か心当たりがあるのでは?」

シェインがにっこりと笑みを浮かべ、フェルリナを見つめる。

(お父様が彼を信頼しているのは、魔法の気配を視ることができるからだったのね)

シェインの能力は、〝古の遺品〟を保管するルビクス王国にとって重要だろう。

そして、彼はフェルリナに魔法の気配を視ている。

今回の転移魔法ではないのなら、フェルリナの心当たりは一つしかない。

ぬいぐるみに憑依《ひょうい》する魔法のことだ。

しかし、それをシェインに教える義理はない。

それに、本当のことを言ったらもう後戻りできないような気がした。

「分かりません……それよりも、わたしをガルアド帝国へ帰してください!」

「それはできない相談ですね。王妃様からは、人質交換《こうかん》のためにこの魔法を使用する申請《しんせい》がありましたし」

ルビクス王国で厳重に管理されている〝古の遺品〟を使用するためには、王妃であっても管理責任者であるシェインの許可が必要なのだろう。

それだけ重要な地位ということだ。

前もって申請していたということは、最初から王妃は転移魔法を使ってフェルリナをルビクス王国に連れ戻すつもりだったのだ。

それを聞いてますますフェルリナの顔は青ざめる。

(でも、何のために王妃様はわたしを連れ戻したの……？)

フェルリナのことを心から憎《にく》み、嫌《きら》っていたのに。

目障《めざわ》りだったから、人質として差し出したのではなかったのか。

憎んでいるフェルリナを連れ戻す理由が分からない。

「魔法への理解のない国にいるよりも、フェルリナ王女はルビクス王国にいた方がいい。何故なら、あなたは〝古の遺品〟を使わずとも魔法が使えるでしょう？」

「……っ！」

シェインの言葉に、フェルリナは思わず目を見開く。

その反応をシェインが見逃《みのが》すはずもなく、勝ち誇《ほこ》ったような笑みを浮かべて言った。

「図星のようですね」

「そ、そんなはずありません！　だって、わたしはお姉様たちと違って魔法のことを何も学んでいないのですから！」

フェルリナが強く否定すれば、シェインはふっと笑う。

「だからこそ、魔法の気配があるのが不自然なんですよ」

「……え？」

「〝古の遺品〟に封《ふう》じられた魔法を意図的に使うためには、いくつかの発動条件があります。だから、何も学んでいないはずのあなたに魔法の気配が強く残っているのはあり得ないんですよ。ガルアド帝国の〝古の遺品〟に触れたところで、あなたは使い方すら分からないはずでしょう？」

「……わ、わたしには、何のことか分かりません」

「〝古の遺品〟を使わずに魔法が発動できるなんて、あなたはとても貴重な存在だ！　僕にとってはガルアド帝国にある〝古の遺品〟よりも、他の王女殿下《でんか》よりも、あなたの存在の方が価値がある！　きっと、国王陛下もお喜びになられますよ！」

フェルリナが分からないと言っても、シェインの中では確定事項《じこう》だ。

実際に魔法の気配が視える彼には、フェルリナが何と言おうと同じことなのかもしれない。

「お姉様たちよりもって、そんなはず……」

「魔法について学んでいるといっても、王女殿下たちは自分の興味が向いたものだけしか覚えませんからね。繊細《せんさい》な〝古の遺品〟には触《さわ》らせたくないんですよ。それなのに、マーガレット王女はガルアド帝国にまで持ち出したいなんて我儘を言って。もちろん断りましたけどね。ですが、あなたは〝古の遺品〟がなくても、自分の意思で魔法を使える」

ずっとフェルリナを見下していた姉王女たちをシェインは鼻で笑う。

「まるで古の魔法使いの再来だ！　なんて素晴《すば》らしいっ！」

ガルアド帝国に嫁ぐ前までは、無価値な王女だと蔑《さげす》まれる自分にも何か特別な力があればいいと思っていた。

そうすればきっと、みんなにフェルリナの存在を認めてもらえるから。

ここにいてもいいのだと、受け入れてほしかったから。

（でも、わたしを受け入れてくれたのはルビクス王国じゃない……）

ガルアド帝国は――ヴァルトは、人質王女であるフェルリナを皇妃として受け入れてくれた。

ぬいぐるみに憑依する魔法が不意に発動してしまってからは、フェルリナを守るためにヴァルトは奮闘《ふんとう》してくれた。

そして、そんな彼の優しさにフェルリナは恋《こい》に落ちたのだ。

政略結婚《けっこん》から始まった夫婦《ふうふ》だけれど、心を通わせることができた。

フェルリナの居場所は、愛するヴァルトの側だ。

今更《いまさら》、ルビクス王国で価値のある存在にはなりたくなかった。

シェインが興奮気味に話しているのを、フェルリナは恐怖しながら聞いていた。

「わたしはガルアド帝国の皇妃です。お願いです。ガルアド帝国に帰してください。それに、皇妃を誘拐《ゆうかい》するなんて、許されるはずが……」

「これは誘拐ではなく、人質交換という取引ですよ。王妃様がマーガレット王女を連れて行っていたでしょう？　それに、特別な存在であるあなたをガルアド帝国には渡《わた》せない」

シェインの顔から笑みが消える。

冷や水を浴びせられたような心地《ここち》だった。

シェインは、フェルリナをガルアド帝国に帰す気など一切ないのだ。

「嫌です！　わたしはガルアド帝国へ帰ります！」

あの全身鏡が転移魔法を発動する〝古の遺品〟と対になっているのなら、もう一度チャンスがあるかもしれない。

王妃の狙《ねら》いがフェルリナだったと分かった今なら、ヴァルトに危害が加えられることはないだろう。

それでも、何もないとは言い切れない。

マーガレットを皇妃にするために、王妃が他にも手を打っているかもしれないのだ。

今すぐにヴァルトのもとへ帰りたい。彼の無事を確認したい。

何も心配はいらないと抱きしめてほしい。

フェルリナは鏡に向かって走る。

「お願い、わたしをガルアド帝国へ、陛下のもとへ連れて行って……！」

鏡に縋《すが》るが、何の反応も示さない。

もう二度とヴァルトに会えないかもしれない。

そんな恐怖が頭によぎり、フェルリナの目には涙《なみだ》が浮かぶ。

（諦《あきら》めちゃだめ……絶対に、陛下はわたしを見捨てたりしないわ）

何を言われても、皇妃はフェルリナだけだとヴァルトは断言してくれた。

兄ロイスの言い分を聞いて、自分は人質に相応しくないのではと不安にもなった。

それでも、やはりこうして離れてしまうと無理だった。

ヴァルトがいない日々なんて考えられない。

「そんなことをしても無駄《むだ》ですよ。まぁ、今はまだ混乱してしまうのも無理はないですね。一人でよく考えてみてください。ガルアド帝国に戻ったところで、魔法が不要な国であなたにできることは何もありませんよ」

シェインは憐《あわ》れむような目を向けて、部屋を出て行く。

――しっかりと鍵《かぎ》を閉めて。

よく見れば、窓には格子《こうし》がはめ込まれている。

そういえば、この離宮は元々罪を犯《おか》した王族を幽閉《ゆうへい》するための塔《とう》だった。

(……陛下にお会いしたい)
この場所には、悲しくて辛《つら》い記憶ばかりが刻まれている。
母を喪《うしな》い、使用人の子だと蔑まれ、王女として扱《あつか》われることもなく。
一人ぼっちで涙を流していた過去の自分を思い出す。
しかし、今はあの頃《ころ》よりも、心が凍《こご》えそうだった。
愛《いと》しい人のぬくもりと愛されることを知ってしまったから。
たくさん抱きしめてくれたあのぬくもりが恋しくて。
ヴァルトが側にいないことが寂《さび》しくて。
もう会えないかもしれないと思うと胸が引き裂《さ》かれそうで——。
(陛下、どうか無事でいてください)
ただ、無事であることを祈《いの》ることしかできない。
どうすれば、ヴァルトの側に帰れるのだろう。
そもそも帰ることなどできるのだろうか。
膝《ひざ》を抱《かか》え、フェルリナが俯《うつむ》いた時、からんと何かが落ちる音がした。
音のした方を見ると、フェルリナが着けていた髪飾《かみかざ》りが転がっていた。
転移の反動で結《ゆ》っていた髪が緩《ゆる》み、落ちやすくなっていたのだろう。
フェルリナはそっと髪飾りを拾う。

『結婚指輪を作ろうと思うのだが、何か希望はあるか？』

日常的に身に着けるものだから二人で考えたい。

そう言って、ヴァルトが提案してくれたのはつい先日のこと。

フェルリナは結婚指輪を作るというだけでときめいてしまって、その日は半日ぬいぐるみ姿で過ごすことになった。

どのようなデザインがいいのか。

具体的なイメージは分からないが、ヴァルトの瞳の色を身に着けたいとだけ伝えていた。

その次の日に贈られたのが、この髪飾りだった。

オーダーメイドの結婚指輪ができるまでには時間がかかってしまうから——という理由で。

輝く大粒《おおつぶ》のブルーサファイアは、ヴァルトの瞳の色によく似ていた。

『会えない時間があっても、いつでも私が側にいることを忘れないでくれ』

女性の装飾品など扱ったことがないヴァルトが、壊れ物を扱うように慎重《しんちょう》にフェルリナのローズピンクの髪に着けてくれた。

フェルリナとしては結婚指輪を作ってくれるだけでも十分嬉《うれ》しかったのに、ヴァルトは愛を形にして伝えてくれる。

「うっ、ヴァルト様……っ！」

両手で髪飾りを大切に包み込み、フェルリナはヴァルトを想《おも》って涙を流す。
幸せな時間を過去の思い出にしたくなかった。
ヴァルトと一緒にいる未来を絶対に諦めたくない。
フェルリナはルビクス王国で、自分なりにあがくことを決めた。

第3章 離れていても

「母上、満足そうですね」

ルイネス山脈の整備されていない道をルビクス王国の王城へ向けて帰る。

行きはガタガタ揺《ゆ》れて娘《むすめ》のマーガレットと文句ばかり言っていたけれど、帰りは気にならない。

自分の思惑《おもわく》通りに事が運んで楽しくて仕方がなかった。

それを息子《むすこ》のロイスに見抜《みぬ》かれ、ヴィエラは上機嫌《じょうきげん》で頷《うなず》いた。

「ええ。マーガレットを説得するのは大変だったけれど、うまくいってよかったわ」

ガルアド帝国《ていこく》へ、フェルリナの代わりに第一王女マーガレットを嫁《とつ》がせる。

人質交換《ひとじちこうかん》を提案したのは、フェルリナが皇妃《こうひ》としてガルアド帝国皇帝《こうてい》に愛され、幸せになろうとしていたから。

ガルアド帝国の民《たみ》から拒絶《きょぜつ》されれば厄介者《やっかいもの》扱《あつか》いされるだろうと思っていたけれど、皇妃を批判するデモは失敗してしまった。

ヴァルトが噂《うわさ》通りの冷酷《れいこく》皇帝であれば、こんな面倒《めんどう》なことをせずに済んだのに。

（まぁそのおかげで、マーガレットを説得できたのだけれど）

ガルアド帝国は野蛮《やばん》な国で、血生臭《ちなまぐさ》い争いばかりを繰《く》り返し、資源といえば武器を製造するための鉄しかない。

皇帝は親兄弟をも手にかける血も涙《なみだ》もない冷酷な男。

そんな噂を信じていたマーガレットに、ヴィエラはフェルリナの待遇《たいぐう》を伝えた。

ドレスや宝飾品《ほうしょく》で着飾《きかざ》って、美味《おい》しい料理を食べ、自身の境遇《きょうぐう》も忘れて皇妃として贅《ぜい》沢《たく》な暮らしをしていること。

冷酷皇帝は噂に反して美しい容貌《ようぼう》で、人質王女であるフェルリナを大切にしていること。

マーガレットは自分に似て美しく、王女としての高い矜持《きょうじ》がある。

国内の貴公子たちは相手にせず、大国に嫁ぐことを望んでいた。

これまではマーガレットに釣《つ》り合う相手がいなかったが、力のあるガルアド帝国の皇妃であれば申し分ない。

最初は嫌《いや》がっていたが、見下しているフェルリナが自分よりも地位の高い皇妃となり、美しい皇帝に愛されていることを知り、マーガレットは乗り気になった。

「ですが母上、あの皇帝がマーガレットを大事にしてくれると本気で思っているのですか？」

「もちろんよ。最初はあの娘のことが気がかりでしょうけれど、もうマーガレットを皇妃にする他ないのだから、皇妃としての待遇は約束してくれるでしょう」

何の価値もないフェルリナを大事にしていたような男だ。

美しく、魔法《まほう》の知識もあるマーガレットを大事にしないはずがない。

（あの娘が愛されて、わたくしの娘が愛されないなんて、そんなことはあってはならないもの）

もしもそんなことになったら、ヴィエラはフェルリナに何をするか自分でも想像ができなかった。

「それならいいのですが……」

「ロイスは心配性ね。もうあの娘はこちらの手の内なのだから、何も心配はいらないわ」

ヴィエラが微笑《ほほえ》むと、ロイスも「そうですね」と頷いた。

そして、一つため息をつく。

「交易ルートの整備について、これ以上引き延ばすことはできないでしょうね。父上は一体何を考えているのか。あんな伝言よりも、そちらを教えていただきたかったです」

夫である国王ジオルドが〝古《いにしえ》の遺品〟に関する仕事で忙《いそが》しいため、最近は公務のほとんどを王太子のロイスがこなしている。

しかし、国内の公務であればまだしも、交易ルートの確保という大きな案件についての権限はない。

ガルアド帝国から催促《さいそく》がくる度《たび》に、ロイスはやきもきしていた。

それなのに、ジオルドがロイスに託《たく》したのは〝古の遺品〟に関する伝言のみ。

「陛下にとっては交易よりもガルアド帝国の〝古の遺品〟の方が重要なのよ。ロイスもルビクス王国の王太子なら、理解してちょうだい」

ヴィエラの言葉に、ロイスは渋々《しぶしぶ》頷いた。

ジオルドが〝古の遺品〟に異常な執着《しゅうちゃく》を見せ始めたのは、シーラが流刑《るけい》になってからだ。

使用人でありながら、国王であるジオルドを惑《まど》わせた女。

（陛下は悪くないわ。すべてはあの女のせいだもの……）

国王を支えるのは王妃《おうひ》の務め。夫の過《あやま》ちを正すのは妻の役目。

だからこそ、ヴィエラはシーラの娘であるフェルリナにはそれ相応の躾《しつけ》を施《ほどこ》した。

母親のように思い上がらず、自分の立場をわきまえるように。

王女という肩書《かたがき》があるだけで、何の価値もないのだと徹底《てってい》的に厳しく教え込んだ。

ジオルドにも自身の過ちを分からせるために。

おかげで、最初はフェルリナを庇《かば》おうとしていたジオルドも、すぐに無関心になった。

その分、〝古の遺品〟への執着は強まったけれど、それでもよかった。

ルビクス王国の国王として重要なことだから。

今回の人質交換についても、ヴィエラの好きにすればいいと認めてくれた。
もうジオルドの関心はフェルリナにはない。
それが分かったのに、どうしてかヴィエラの心は満たされない。
きっと、フェルリナがヴィエラの教育を忘れてしまっているからだろう。
(もう一度、あの娘には躾が必要ね)
幸せになろうとした罰《ばつ》を与《あた》えてあげなければならない。
ヴィエラは真っ赤な唇《くちびる》に笑《え》みを浮《う》かべた。

ルビクス王国に来て何日が経《た》っただろうか。
あれからシェインはフェルリナに会いに来ていない。
〝古の遺品〟管理責任者である彼は多忙《たぼう》なのだろう。
定期的に騎士《きし》が食事を運んでくるだけで、ずっと離宮《りきゅう》の部屋に閉じ込められている。
囚人《しゅうじん》のような扱いに気分は落ち込むが、希望は捨てていない。
ヴァルトからもらった髪飾りをじっと見つめていると、部屋の外から足音がした。
「フェルリナ王女、王妃様がお呼びですよ」

シェインの声が聞こえた後、部屋の扉《とびら》が開かれる。

王妃からの呼び出しと聞いて、びくりと体が震《ふる》えた。

(でも、陛下がどうなったのか聞き出せるかも!)

今は恐怖《きょうふ》よりも、ヴァルトの無事を確かめたいという気持ちの方が強かった。

フェルリナは覚悟《かくご》を決めて部屋を出た。

「フェルリナ王女が逃《に》げないようにと王妃様に強く言われているんです。少し仰々《ぎょうぎょう》しいですが、許してくださいね」

感情のこもっていない笑顔《えがお》で先導するのはシェイン。

そして、ルビクス王国の屈強《くっきょう》な騎士が二人、フェルリナを挟《はさ》んで歩いている。

一人で逃げられるはずもないフェルリナに対して、厳重すぎる監視《かんし》だった。

(もしかして、わたしの魔法を警戒《けいかい》しているのかしら)

シェインは、フェルリナが〝古の遺品〟なしに魔法が使えることを知っている。

しかしどのような魔法なのかまでは分かっていない。

だからこそ、フェルリナが確実に逃げないように囲っているのかもしれない。

そんなことを考えていたら、いつの間にか薄暗《うすぐら》い廊下《ろうか》を歩いていた。

ルビクス王国で暮らしていた時にも、よく通った道だ。

——王妃による仕置きが行われる時に。

見慣れた部屋の扉の前で、フェルリナの足は止まる。

ここではどれだけ泣《な》き叫《さけ》んでも、誰《だれ》も助けてくれない。

過去の仕置きを思い出し、足がすくむ。

「フェルリナ王女、行きますよ」

何が行われるのかを知ってか知らずか、シェインは笑みを浮かべてフェルリナを呼んだ。

深呼吸をして、フェルリナは一歩を踏《ふ》み出す。

(大丈夫《だいじょうぶ》。わたしはもう、以前のままのわたしじゃないもの)

ローズピンクの髪には、ブルーサファイアがきらめく。

ヴァルトが側にいてくれると思えば、もう何があっても怖《こわ》くない。

それに、ヴァルトを守るために強くなると決めた。

まっすぐに顔を上げて、フェルリナは王妃が待つ部屋へと入った。

「わたくしをどれだけ待たせるつもり？」

入るなり、椅子《いす》に座っていた王妃はフェルリナにぴしゃりと言い放つ。

以前はすぐに謝罪をして、許しを乞《こ》うていたフェルリナだが。

「王妃様、陛下には何もしていませんよね⁉」

謝るどころか、ヴィエラを見るなり詰め寄《よ》った。

いつものようにフェルリナが頭を下げると思っていたのだろう。

ヴィエラは酷《ひど》く驚《おどろ》いたように目を見開き、怒《いか》りに震えた。

「お前、今、わたくしに意見したの？　卑《いや》しい生まれのお前が……!?」

――許せない！

王妃は怒りに任せて立ち上がり、手に持った鞭《むち》でフェルリナの腕《うで》を思いきり打った。

「……っ！　陛下は、無事なのですよね!?」

ヴァルトの無事が確認《かくにん》できるまでは気が気ではない。

打たれた左腕を押さえながら、フェルリナは王妃を睨《にら》みつける。

フェルリナを皇妃に望んでくれたヴァルトのためにも、強くありたかった。

自分の内に初めて芽生えた矜持が、フェルリナを動かしていた。

しかし、王妃はそんなフェルリナの態度が気に食わなかったらしい。

もう一度、大きく鞭を振《ふ》り上げた。

「何なの、その目は！　忌々《いまいま》しい母親にそっくりだわ……！」

「だったら、どうしてわたしを連れ戻《もど》したのですか」

母の面影《おもかげ》を重ねて、フェルリナを憎悪《ぞうお》するくらいならば、遠ざけておいた方がよかったはずだ。

王妃の目的は何なのだろう。

フェルリナには全く理解ができない。

「黙《だま》りなさい！　お前がそんな生意気な態度をとるのは、あの男のせいね？　もっと分からせてやるべきだったかしら」

「！　陛下に何をしたのですか！」

「知ったところで、お前に一体何ができるというの？」

王妃は口元に笑みを浮かべて、楽しそうに鞭を振るう。

何度も腕や脚《あし》を鞭で打たれ、フェルリナはとうとう膝《ひざ》をついた。

ドレスはところどころ破れ、血がにじむ。

ボロボロになったフェルリナの姿を見て満足したのか、王妃は再び椅子に座った。

「ふふ。わたくしは慈悲深《じひぶか》いから、会合がどうなったのか教えてあげるわ」

フェルリナは体中が痛くて声も出せない。

ただヴァルトのことを聞き逃《のが》したくはなくて、王妃の言葉に集中する。

「お前はまだガルアド帝国の皇妃のつもりのようだけれど、今はもうマーガレットが皇妃よ。お前は用済みなの」

「……いいえ、わたしが陛下の皇妃です」

また鞭で打たれるかもしれないと思ったけれど、フェルリナにとって聞き流せない話だった。

「可哀想《かわいそう》に。じゃあ、なんでマーガレットが一緒《いっしょ》に帰ってきていないのかしら？」

「お前の皇帝は人質交換に応じて、マーガレットを皇妃として迎《むか》え入《い》れたわ。お前のように無価値な王女は捨てられる運命だったのよ」

「え……」

「……！」

マーガレットが皇妃として受け入れられたという事実にフェルリナはショックを受ける。

しかし、フェルリナは思い直して「いいえ」と首を振る。

「……陛下の口から聞くまでは、信じません」

絶対にヴァルトはフェルリナを裏切ったりしない。

あの会合の場で、ヴァルトはきっぱりと人質交換の話を断っていた。

ヴァルトは人質だとか皇妃だとか関係なく、フェルリナ自身を愛してくれている。

（わたしも、陛下を愛しているもの……！）

彼が与えてくれた愛を信じなくてどうする。

マーガレットを迎え入れたのには、何か考えがあってのことかもしれない。

それに、一つ確かなことが分かった。

ヴァルトは転移の魔法に巻き込まれず、今はガルアド帝国に帰っているのだ。

マーガレットと一緒というのが気がかりではあるが、ひとまず無事だろう。

だが、マーガレット自身の思惑が分からないから不安だった。

シェインはマーガレットの〝古の遺品〟の持ち出しを断ったと言っていたが、実際のところは分からない。

王妃が転移以外の魔法が封《ふう》じられた〝古の遺品〟を持っていた可能性もある。

魔法で人を操《あやつ》ることも可能だとしたら――。

「……もしかして、陛下に魔法を使ったのですか？」

ヴァルトは魔法によって、マーガレットをガルアド帝国の皇妃として迎え入れるよう、強制されているのかもしれない。

「さぁ、どうかしらね？」

そう言って、ヴィエラはにやりと笑う。

（そんな……操られた人はどうなるの？）

人の考えや心を無理やりに魔法で捻《ね》じ曲《ま》げるのだ。

操られる人間にとっては、相当な負担になるのではないだろうか。

魔法が解けたとしても、元通りに戻れるのか。

体は無事でも、心が壊《こわ》れてしまうかもしれない。

（早くここから逃げて、陛下を助けなくちゃ……！）

そう思い立つも、今の傷だらけの体では走って逃げたところですぐに追いつかれてしまうだろう。

確実に逃げ出す方法を考えなければならない。

幸い、城内の地図はある程度頭に入っている。

ここは仮にも、フェルリナが生まれ育った場所だから。

ヴィエラの隙《すき》をつくためには、逆らわない方がいい。

フェルリナは逃げ出す体力をつけるために、以前のように従順なフリをすることに決めた。

しかし——。

「あら？　これは何？」

そう言って、ヴィエラはフェルリナの髪飾りを奪《うば》った。

「か、返してくださいっ！」

「こんなものを持っているから、自分が愛されているかもしれないなんて幻想《げんそう》を抱《いだ》いてしまうのでしょう？」

やめて。それだけは。どうか奪わないで。

フェルリナは体の痛みも作戦も忘れて、髪飾りに手を伸《の》ばす。

その瞬間《しゅんかん》、パチン！　と頰《ほお》が打たれた。

「どうして……っ！」

ここまでするのだろう。

ガルアド帝国に送り出した後は、存在を忘れられているのかとすら思っていたのに。急に連れ戻されて、幽閉《ゆうへい》され、痛めつけられて。

「言ったでしょう？　お前には幸せになる資格なんてないの」

ヴィエラは、にっこりと残酷《ざんこく》な笑みを浮かべる。

フェルリナから奪った髪飾りを床《ゆか》に落とし、鋭《するど》いヒールで踏みつけた。

銀の装飾《そうしょく》がヒビ割れ、ブルーサファイアが転がっていく。

美しくて、愛《いと》しい人の瞳《ひとみ》に似た宝石が。

「やめて、やめてくださいっ！」

「お前が悪いのよ。自分の立場もわきまえないから」

ヴィエラはフェルリナのローズピンクの髪を鷲掴《わしづか》みにし、耳元で囁《ささや》く。

「もう二度とお前が思い上がることがないように、わたくしが躾《しつ》け直してあげるわ」

フェルリナの赤く腫《は》れた頬に、一雫《ひとしずく》の涙が伝った。

ルイネス山脈から城に帰り着くなり、ヴァルトはマーガレットへの対応もそこそこにすぐさま私室へと足早に戻った。

寝室《しんしつ》のベッドの上には、白銀の体を持つクマのぬいぐるみがちょこんと座っている。

出て行く前と同じ位置で、微動《びどう》だにせず。

フェルリナは、ヴァルトの目の前で魔法によって消えた。

もしかしたら――と一縷《いちる》の望みをかけてぬいぐるみのもとへ駆《か》けつけたが、やはり彼女の魂《たましい》が憑依《ひょうい》している形跡《けいせき》はない。

「頼《たの》む、動いてくれ！」

ヴァルトが抱きしめて、そう強く願っても、ぬいぐるみはシーンと静まり返ったまま。

ぐったりと意識のないぬいぐるみを抱きしめて、フェルリナがいない孤独《こどく》に苛《さいな》まれる。

ぬいぐるみに憑依していたら、少しは安心できたかもしれないのに。

フェルリナの状況《じょうきょう》が分からないことに不安ばかりが募《つの》る。

ヴィエラは祖国に帰したと言っていたが、本当だろうか。

ルビクス王国にいるという確証が得られれば、すぐにでも迎えに行きたい。

だが、マーガレットの存在があるため、フェルリナを取り戻そうとしていることに気付かれれば、彼女に危害を加えられるかもしれない。

フェルリナを守りながら、取り戻すためにはどうすればいいのか。

今はとにかく彼女の無事を確かめたかった。

ぬいぐるみでもいいから、フェルリナと話ができれば――。

「リィナ……今すぐに会いたい」

ぬいぐるみを強く抱きしめながら、ヴァルトは強く願った。

この声が、願いが、フェルリナに届くようにと。

しかしそんな奇跡《きせき》のようなことが起こるはずもなく、ヴァルトはぴくりとも動かないぬいぐるみを抱いて、薄暗い部屋で立ち尽《つ》くす。

「陛下、入りますよ」

雑なノック音がした後、皇帝の私室に遠慮《えんりょ》なく入ってきたのはグランだった。

グランの方を見ようともしないヴァルトに、苛立《いらだ》ったように口を開く。

いつもニコニコと柔和《にゅうわ》な笑みを浮かべている男の顔からは、笑みが消えていた。

「妃殿下《ひでんか》はどこにいるんだ？　どうして、マーガレット王女をこの城へ迎え入れた？　あの会合で、一体何があったんだ⁉」

ぬいぐるみを抱く腕に無意識に力が入る。

グランは側近として会合の場についてきたが、部屋には入らなかった。

いや、王族のみが参席している場に入れなかったという方が正しい。

何かあればすぐに対応できるよう、扉の外で待機していた。

騒《さわ》ぎが起きた時にはもうフェルリナの姿はなく、何故《なぜ》か代わりにマーガレットがガルアド帝国の馬車に乗り、城へとやってきた。

城へ戻る道中、グランと騎士たちからの視線には気づいていたが、マーガレットを丁《てい》重《ちょう》にもてなすようにという指示しか出せなかった。

人質交換を拒否《きょひ》していたヴァルトが、どうしてマーガレットを受け入れたのか。受け入れざるを得ない状況になったのか。

グランはずっと気になっていたことだろう。

だが、ヴァルトはまだ感情の整理がついておらず、冷静に話せる自信がなかった。

「なんとか言ってくれ。話してくれなきゃ、力になれないだろ」

皇妃であるフェルリナを溺愛《できあい》しているヴァルトが、彼女を手放すはずがない。

それは、皇帝夫妻を近くで見てきたグランや護衛騎士、侍女《じじょ》たちには分かっていることだった。

だからこそ、ヴァルトが抵抗《ていこう》できない何かがあったのだと皆《みな》は気づいている。

そして、助けたい、力になりたいと思っている。

(そうだ。私には立ち止まっている暇《ひま》などない)

フェルリナを助けられなかった自分の無力さを悔《く》やむのは後だ。

今は、動かないぬいぐるみを抱いて祈《いの》っている場合ではない。

ヴァルトは顔を上げ、グランと目を合わせる。

「……お前に活《かつ》を入れられるとはな」

「いつものことだろ」

「そうだな――感謝している」

「うわ、お前が素直《すなお》なの逆に怖いんだけど……！」

小さな声で礼を口にすれば、グランは自身の体をさすり、わざとらしくぶるぶると震えた。

「なんだと？」

「いんや、ようやくいつもの調子に戻ってきたなと思ってさ」

ヴァルトが睨みをきかせると、グランはニッと笑った。

「ったく、余計なお世話だ」

そう吐き捨てながらも、グランのおかげで思い詰めていた気持ちが楽になったのは事実だ。

共に戦場を駆け抜《ぬ》け、常に死と隣《とな》り合わせだった時も、グランはこうしてヴァルトを正気に戻してくれていた。

グランは、ヴァルトが最も信頼《しんらい》する人間だ。

誰よりも愛するフェルリナを助け出すためには、グランの力が必要だ。

「――彼女を人質にとられた。取り戻すためには協力してほしい」

「もちろん。最初からオレはそのために来たんだし」

そして、ヴァルトはあの会合でのやり取りをすべて話す。

これからどう動くべきなのか。

ヴァルトとグランの話し合いは夜が明けるまで続いた。


「本当にここが皇妃のための部屋なの？」

部屋を見て開口一番に出てきたのは、文句だった。

「申し訳ございません。急だったものですから、皇妃の部屋の用意ができていないのです」

「何ですって？　皇妃の部屋の準備ができていないなんてどういうことよ！」

リジアはもう一度、ルビクス王国の第一王女マーガレットに頭を下げる。

あの日、会合へと送り出したフェルリナは帰ってこなかった。

代わりにやってきたのは、ルビクス王国第一王女マーガレット。

突然《とつぜん》、フェルリナではなくマーガレットの世話をするよう命じられ、皇妃付きの侍女たちは戸惑《とまど》った。

その上、マーガレットは自分を皇妃だと言い張っている。

それをヴァルトも否定しなかった。

いつも以上に冷たい空気を纏《まと》っていたことから察するに、そうせざるを得ない状況なのだとは分かった。

そもそも、どうしてこうなったのか。

一言の説明もなしに他国の王族の世話をせよ、とは無茶ぶりにもほどがある。

（妃殿下は無事なのよね……？）

マーガレットを客間に案内しながらも、リジアはフェルリナのことが心配でたまらない。

「ったく、使えないわね。こんな狭《せま》い部屋で私に過ごせというの？」

「この部屋は客間の中でも一番良《い》い部屋でございます」

「ふぅん。ガルアド帝国の城も大したことないのね。部屋の装飾も調度品も古臭《ふるくさ》いものばかりだし、用意されたドレスもパッとしないわ」

歴史ある城や調度品を小馬鹿にされ、急ごしらえで用意したドレスは鼻で笑われた。

マーガレットがルビクス王国から連れて来たお付きの侍女二人も、口々に文句を言い始めた。

「マーガレット様にこのようなみすぼらしい部屋を使わせるなどもってのほかですわ」

「やはり野蛮な国の侍女は気が利《き》きませんのね」

リジアはただ頭を下げ、ぐっと拳《こぶし》を握《にぎ》る。

(妃殿下は、ここよりも小さな客間でも感動していたのに……)

リジアは内心で、初めてフェルリナを客間に案内した時のことを思い出す。

――あの、本当にここがわたしの部屋なのですか？

あの時はフェルリナのことを誤解していたせいで、こんな部屋は使えないという嫌味《いやみ》だと思っていた。

実際はあまりに素敵《すてき》な部屋に感動していただけだったのだが。

フェルリナのことがあってから、リジアは噂に惑わされることなく、その人を見て誠実に対応しなければと反省したのだ。

しかし、今目の前にいるマーガレットたちの態度は勘違《かんちが》いなどではないだろう。

「ねぇ、私に似合う最高級の宝飾品を今すぐ用意してちょうだい。明日には新しいドレスも作りたいから、仕立て屋を呼んで。それと、宝石商も」

「……かしこまりました。陛下に伝えておきます」

ルビクス王国の王女はガルアド帝国を見下しており、我儘《わがまま》で高慢《こうまん》である。

(あの噂はすべて、妃殿下ではなく、この方の噂だったのね)

火のないところに煙《けむり》は立たない。

リジアは返事をしながら、心の内で納得《なっとく》していた。

「そうだわ！　陛下の部屋はどこかしら？　皇妃の部屋の準備なんて待たなくても、私が陛下の部屋に行けばいいのよね！　だって、私は皇妃になるのだもの！」

マーガレットはパンと両手を合わせ、名案だとはしゃいでいる。

リジアはその様子を冷めた目で見つめていた。

ヴァルトが自分の私的空間にマーガレットを入れることを許すとは思えない。

「私の魅力《みりょく》を陛下に知ってもらわなくてはね。ちょっと、何ぼーっとしているの？　さっさと湯あみの準備をしなさいよ」

「かしこまりました。準備いたしますので、少々お待ちくださいませ」

湯あみの準備を整えるために退室しようとすれば、マーガレットの侍女に引き留められる。

「あなた、マーガレット様をこのまま待たせるつもり？　同時にお茶菓子《ちゃがし》の用意もするべきでしょう。それでもあなたは皇妃付きの侍女なの？」

「はい。至らぬ点ばかりだった私を妃殿下は寛大《かんだい》な心で受け入れてくださいましたから」

リジアにとって、仕えるべき主はマーガレットではない。

皇妃として認めているのはフェルリナだけだ。

(妃殿下は侍女としての仕事を放棄《ほうき》していた私たちを優《やさ》しい心で許してくださった……)

本来であれば、処罰《しょばつ》されてもおかしくないことをしていた。

そんな自分たちを許し、心のこもったプレゼントまでくれたフェルリナは女神《めがみ》のようだった。

いつしか侍女としての仕事というだけではなく、心からフェルリナを支えたいと思うようになっていた。

「あの子は皇妃の器《うつわ》ではなかったのだから、当然よね。私が皇妃になるからには、侍女の教育もしっかりさせてもらうわ」

マーガレットの言葉に、リジアは怒りを抑《おさ》えることに必死だった。

フェルリナ以上に皇妃に相応《ふさわ》しい人はいない。

誰よりも他人を思いやる優しい心を持っている。

魅力がたくさんあるのに自分に自信が持てなくて、いつも誰かのために一生懸命《いっしょうけんめい》で。

自分のことを大切にするのが不器用な人。

だからこそ、お仕えして守りたいと思う。

(妃殿下に一体何があったのですか……?)

フェルリナを溺愛しているヴァルトが、マーガレットを皇妃にするはずがない。

それなのに今、この状況はどういうことなのか。

全く知らされていないリジアの胸には不安が募っていく。

結局、マーガレットは意気揚々《いきようよう》とヴァルトに会いに行ったが、会えなかったと客間に帰ってきた。

「私を皇妃にするためなら、仕方ないわね。夜通し仕事をするくらい、私を皇妃にしたいのね！」

どうやら、皇妃交代に関する重要な仕事だからと断られたらしい。

マーガレットは、体《てい》よく追い払《はら》われたのだとは微塵《みじん》も思っていないようだった。

（どうか、妃殿下が無事でいてくれますように……）

リジアが願うのはただそれだけだった。

「ガルアド帝国では、マーガレットが新しい皇妃として歓迎《かんげい》されているそうよ」

「あの皇帝も、お前ではなくマーガレットを愛しているわ」

「もうお前のことなんか忘れているでしょうね」

頭の中に浮かぶのは、ここ数日で聞かされた王妃ヴィエラの言葉たち。

逃げるチャンスを窺《うかが》うため、フェルリナは従順なフリをしているが、どうすれば逃げられるのか。

いくら考えても、その方法は思いつかなかった。

フェルリナ一人の力で逃げ出すことは不可能だと気づいてしまった。

窓には鉄格子《てつごうし》、扉には鍵《かぎ》。部屋の外に出る時は屈強な騎士が二人。

傷が治る前に王妃による躾を受けるということを繰り返しているため、生傷は絶えず悪化し、立って歩くだけで精一杯《せいいっぱい》だ。

どうやってガルアド帝国に帰るというのだろう。

フェルリナの心は折れてしまいそうだった。

灯《あか》りのない離宮の部屋で頼《たよ》りになるのは、窓から差し込む月明かりのみ。

昔を思い出すこの部屋で暗闇《くらやみ》に包まれていると、どうしても後ろ向きなことばかり考えてしまう。

——お前は自分がルビクス王国の王女として、ガルアド帝国の〝古の遺品〟を問題なく保管し、和平を保つ自信があるのか？

あの会合でのロイスの言葉も蘇《よみがえ》り、どんどん自信を失っていく。

本当に自分が皇妃でいいのか。

（陛下を信じたい……でも、もし本当にマーガレットお姉様を選んでいたとしたら……？）

フェルリナを必要としてくれていたら、迎えに来てくれるのではないか。

心のどこかでそう期待していたけれど、一週間経ってもヴァルトが来ることはなかった。

マーガレットを受け入れたのは、ヴァルトが魔法で操られているから。

そう思わなければ、心を保つことはできなかった。
でもそんな事実はなくて、フェルリナは必要ないと言われたら？
鞭で打たれた傷以上に、心が悲鳴を上げている。
王妃に砕《くだ》かれた髪飾りのように、フェルリナの心も壊れてしまいそう。
赤紫《あかむらさき》の瞳から、ボロボロと大粒《おおつぶ》の涙が溢《あふ》れてくる。
「会いたい……会いたいです、ヴァルト様」
必要だと、愛していると言ってほしい。
他の誰でもなく、ヴァルトの口からその想《おも》いを聞きたい。
もしも、それがたとえどれだけ残酷な事実でも受け入れるから。
一日でいいから会いたかった。
あの美しいダークブルーの瞳にフェルリナを映してほしかった。
（……今も、ルーは陛下の側にいるのかな）
フェルリナとヴァルトの心を繋《つな》ぐきっかけになったクマのぬいぐるみ。
ヴァルトの側にいられるのなら、ぬいぐるみでもいい。
フェルリナは泣きながら、傷だらけの自分の体をそっと抱きしめた。

第4章 二人を繋ぐぬいぐるみ

いつの間に眠《ねむ》っていたのだろう。

フェルリナはもぞりと起き上がった――つもりが、こてんと転がってしまう。

（……？）

まだ寝《ね》ぼけている頭を振《ふ》ると、白い体と赤いリボンが間近にあった。

この光景には覚えがありすぎる。

（え!? わたし、本当にぬいぐるみに……!?）

これはフェルリナの心が見せる夢だろうか。

ルビクス王国からガルアド帝国《ていこく》の遠距離《えんきょり》を魂《たましい》が移動したなんて、にわかには信じられない。

夢ならばヴァルトに会わせてくれればいいのに、部屋には誰《だれ》もいなかった。

よくよく見ると、ここは皇帝《こうてい》の寝室《しんしつ》のようだ。

それも、ぬいぐるみがいるのはベッドの上。

（もしかして、陛下は今もルーと一緒《いっしょ》に寝てくれているの……？）

都合のいい夢かもしれない。

けれど、これが現実であれば、ヴァルトは今もフェルリナからの贈《おく》り物であるクマのぬいぐるみを大切にしてくれているということだ。

つまり、完全にマーガレットを受け入れたわけではないのではないか。

だが、まだ魔法《まほう》に操《あやつ》られている可能性もゼロではない。

「と、とにかくヴァルト様に会って確かめなくちゃ……！」

ヴァルトはどこにいるのだろう。

カーテンの隙間《すきま》からは明るい陽の光が差し込む。

ぬいぐるみの体であちこちの部屋を行き来するのは難しいけれど、背に腹は代えられない。

ぴょんっとフェルリナはベッドから飛び降りる。

寝室の隣《となり》には談話室と応接スペースを兼《か》ねた部屋がある。

フェルリナがいつもヴァルトの帰りを出迎《でむか》えていた部屋だ。

ただただ甘く過ごしていた時間が懐《なつ》かしくて、胸がきゅっと締《し》め付けられる。

とてとてと隣室《りんしつ》に近づくと、扉《とびら》の向こう側から話し声が聞こえてきた。

「陛下がお忙《いそが》しいということでしたので、私の方から会いに来てさしあげましたのよ？」

「……そうか」

ヴァルトの低い声が聞こえた。

久しぶりのヴァルトの声を聞くだけで涙《なみだ》が出そうだった。

今は涙も出ないぬいぐるみだけれど。

「あら、陛下は嬉《うれ》しくないのかしら？」

「陛下は照れているだけです！　マーガレット王女が来てくれて嬉しいに決まっているじゃありませんか。ねぇ、陛下？」

愛想《あいそ》のないヴァルトに代わって、グランが必死にフォローしている。

「……そんなわけっ！　いや、**アエテウレシイ……**」

「やっぱりまんざらでもないんじゃない！　あんな子よりも、私が皇妃《こうひ》になった方がみんな嬉しいに決まっているわ」

マーガレットの自信満々な発言に、一瞬《いっしゅん》シーンと静まり返った。

しかし、その静けさにムッとしたマーガレットが追い打ちをかけるように問う。

「あら、私何か変なことを言ったかしら？」

「ナニモ、ヘンデハナイ」

明らかにヴァルトの様子がおかしい。

不自然な会話にフェルリナは内心で青ざめる。

（やっぱり魔法で操られているんじゃ……！）

ヴァルトの口からは、無理やりマーガレットに合わせているような返答ばかり。
魔法によって強制されているのなら、ヴァルトが危険なのでは。
「陛下ったら、私が美しすぎて緊張《きんちょう》しているのですね？」
「……あぁ」
「あ！　そうだわ。陛下にいただいたこのネックレス、とても似合っていると思いませ
ん？」
「ソウダナ」
どうやらマーガレットは、ヴァルトからもらったネックレスを見せるために訪ねてきた
らしい。
すでにマーガレットに贈り物をする仲ということだろうか。
室内の様子が見えないから、二人の距離《きょり》感も分からない。
（やめて……私の陛下に近づかないで！）
本来であれば、マーガレットが座る場所にいたのは自分だったはずなのに。
毎日、ヴァルトと二人で紅茶を飲みながら話をして、愛情を伝えるためのキスをして、
優《やさ》しい腕《うで》に包まれて。
それは、ヴァルトの妻であるフェルリナだけの特権だった。
他の誰にも譲《ゆず》りたくない。

彼を愛するのも、彼に愛されるのも、自分だけがいい。

強い嫉妬《しっと》心が芽生えて、フェルリナの胸がズキズキと痛む。

「もうすぐ新しいドレスも出来上がるので、陛下は早く私のお披露目《ひろめ》パーティーの準備を進めてくださいね？」

マーガレットの言葉にガツンと頭を殴《なぐ》られたような衝撃《しょうげき》が走る。

（本当にマーガレットお姉様が皇妃になるということ？）

まだフェルリナが皇妃なのだと信じたいけれど、もしかしたらという不安がよぎる。

胸の前でぎゅっと拳《こぶし》を握《にぎ》り、フェルリナはその場に座り込む。

「ヴァルト様……」

たった一枚の扉が、とてつもなく分厚い壁《かべ》のように感じられる。

ヴァルトはすぐ側にいるのに寂《さび》しくて堪《たま》らない。

気づいてほしいのに、こんな弱い自分を知られたくなくて。

小さな声でヴァルトの名前を呟《つぶや》くことしかできなかった。

「……それよりも、我が国の〝古《いにしえ》の遺品〟について確認《かくにん》する気にはなったか？」

「いいえ。私のお披露目パーティーが終わるまではできませんわ。〝古の遺品〟に関することはルビクス王国が秘匿《ひとく》している重要機密ですもの」

そう簡単には教えられない。

マーガレットの言葉に、ヴァルトは「そうか」と頷《うなず》いた。

「それなら、そろそろ部屋に帰ってもらおう。私も仕事があるから、あなたの相手ばかりはできないんだ」

衣擦《きぬず》れの音がして、ヴァルトが立ち上がったのが分かる。

「え、でも、私はついさっき来たばかりで」

「用は済んだだろう」

「仕事よりも、私を優先してはくださらないの？」

「これでも十分優先している」

「そうですよ～。陛下はマーガレット王女のために、忙しい中時間を作っているんですから」

ヴァルトのひやりとした言葉をフォローするように、グランが笑顔《えがお》で強調する。

「そ、それなら仕方ありませんわね」

「あぁ。では、ロコット男爵令嬢《だんしゃくれいじょう》、マーガレット王女をよろしく頼《たの》む」

「はい。かしこまりました」

リジアの冷静な声音《こわね》が聞こえる。

（リジアさん……！）

せっかくフェルリナの体に残る傷跡《きずあと》が薄《うす》くなったことをリジアも喜んでくれていたのに、

今の自分はまた肌《はだ》を見せられない体になっている。
ヴァルトだけでなくリジアのことも姉にとられてしまったようで胸が苦しい。
そんなことをフェルリナが考えている間に、マーガレットは皇帝の部屋から退出した。
と思えば、勢いよく寝室の扉が開く。
扉を背もたれにしていたぬいぐるみは、後ろにこてんと転がった。
その背中を受け止めたのは、よく知る優しくて大きな手で――。
「リィナっ⁉」
何が起きているのか分からないうちに視界がヴァルトでいっぱいになる。
ぎゅうっと抱《だ》きしめられて、フェルリナはヴァルトの腕に反射的に抱きついていた。
（……陛下！）
ヴァルトの胸に顔を埋《うず》め、すり寄る。
「本気で心配した」
切羽詰《せっぱつ》まったような声で、ヴァルトが吐息《といき》をこぼす。
つい先ほどまで心を支配していた嫉妬や不安がだんだんと消えていく。
しかし、これは一体どういうことだろう。
ヴァルトはぬいぐるみを見るなり、フェルリナの名を呼んだ。
魔法で操られているわけではなかったのか。

それならば、何故《なぜ》マーガレットを受け入れていたのだろうか。

疑問が次から次へと湧《わ》いてくる。

そんなフェルリナの気持ちを代弁するように、グランが口を挟《はさ》んだ。

「おいヴァルト。気持ちは分かるが、そろそろ妃殿下《ひでんか》を離《はな》してやれ。それじゃ話もできないだろ」

「あ、あぁ。そうだな」

グランの言葉に頷いて、ヴァルトはそっと抱擁《ほうよう》を緩《ゆる》める。

そして、ぬいぐるみを腕に抱いたまま、ヴァルトは寝室のソファへと移動する。

「少し二人きりにしてもらえるか」

「了解《りょうかい》。外で待機してるから、何かあったら呼んで」

ヴァルトの指示で、グランはひらりと手を振って部屋を出て行く。

「あの、陛下は魔法で操られていたりは」

「私は正気だ」

ヴァルトは向かい合うようにぬいぐるみを膝《ひざ》に乗せて、ずっと頭を撫《な》でている。

(うん、陛下は間違《まちが》いなく正気だわ)

魔法で操られていたら、ぬいぐるみには見向きもしないだろう。

ぬいぐるみに触《ふ》れる優しい手はいつもと変わらない。いや、いつも以上に大切に触れている。

日頃《ひごろ》からヴァルトに愛《め》でられているぬいぐるみ目線でも、その答えが嘘《うそ》ではないと確信を持った。

ひとまず、ヴァルトに魔法がかけられていないことにホッとする。

「でも、お仕事があったのでは？」

仕事があると言っていたから、執務室《しつむ》へ向かうのかと思っていた。

それなのに、ヴァルトはすぐに寝室へ来て、ぬいぐるみを抱きしめてくれた。

フェルリナはそれが不思議だったのだ。

「リィナの声が聞こえた気がしたんだ。だから、さっさとあの王女を追い出すために仕事だと嘘をついただけだ。本当に君がいて、どれだけ嬉しかったか」

そう言って、ヴァルトはもう一度ぎゅっとぬいぐるみを抱きしめた。

（えっ、わたしの声に気づいてくださったの……？）

ヴァルトの愛に感動して、とくんと胸が高鳴る。

「陛下が無事でよかったです」

「それは私の台詞《せりふ》だ。リィナは無事なのか？　今どこにいる？　怪我《けが》はしていないか？」

矢継《やつ》ぎ早《ばや》に状況《じょうきょう》を訊かれ、それだけヴァルトがフェルリナを心配しているのだと分かって嬉しい。

「はい、わたしは無事です。転移魔法で飛ばされて、今はルビクス王国にいます」

「本当に無事でよかった」

ヴァルトは安堵《あんど》のため息をついて、ぬいぐるみの頭を優しく撫でる。

しかし、すぐに眉間《みけん》にしわを寄せ、暗い表情になった。

「……だが、すべてはあの時君を守れなかった私のせいだ。本当にすまない――君を一人でルビクス王国になど行かせたくなかったのに」

「そんなっ！　陛下のせいではありません！」

魔法に対抗《たいこう》できる人間なんていないだろう。

それに、会合にはルビクス王国の魔法からヴァルトを守りたくて同行を申し出たのだ。

彼を魔法に巻き込まずに済んでよかったとすら思っている。

一方で、優しいヴァルトは目の前でフェルリナが消えたことに責任を感じている。

もしフェルリナが王妃《おうひ》ヴィエラから暴行を受けていると知れば、ヴァルトはさらに自分を責めてしまうかもしれない。

あえてそのことは伝えないことにして、フェルリナはどうしても確かめたかったことを尋《たず》ねる。

「あの、陛下はまだ、わたしを皇妃にと望んでくれますか？」

震《ふる》える声でフェルリナは問う。

離れている間、本当はずっと不安でたまらなかった。

「当然だ。私の皇妃はフェルリナしかいない」

真剣《しんけん》な眼差《まなざ》しで、ヴァルトは断言した。

その言葉が聞けただけで、フェルリナの心はいくらでも強くなれる。

「わたしも、陛下の皇妃でいたいですっ！」

ヴァルトが望んでくれるなら、皇妃であり続けたい。

マーガレットに奪《うば》われたくない。

必死に訴《うった》えるフェルリナに、ヴァルトは慌《あわ》てて口を開く。

「誤解しないでほしいのだが、あの王女を連れて来たのは、彼女を受け入れなければ君に危害を加えると脅《おど》されたからだ。けっして、本気で皇妃に据《す》えるつもりはない」

ヴァルトがマーガレットを受け入れざるを得なかった理由を知り、フェルリナは内心でホッと息を吐く。

「そうだったのですね」

「リィナの状況が分かるまではあの王女の機嫌《きげん》をとっておいた方がいいと思い、好きなようにさせていたが――もう我慢《がまん》する必要はないな」

ヴァルトは不敵な笑《え》みを浮《う》かべ、頷いた。

「それは、どういう？」

「これからリィナを迎《むか》えに行く」

「え？　これからですか⁉」

ヴァルトの言葉にフェルリナは驚《おどろ》く。

フェルリナを迎えに来るということは、ルビクス王国の王城まで来なければならない。

「あぁ。そのために、リィナの詳《くわ》しい状況を教えてくれないか？」

ヴァルトは本気だった。

本気で、今からフェルリナを取り戻《もど》すために行動するつもりなのだ。

「でも……」

ヴァルトに危険はないだろうか。

王妃も姉王女も、フェルリナが皇妃でいることが気に食わないようだった。

前回はフェルリナだけが狙《ねら》われたが、今度こそヴァルトに魔法が使われたら。

そう思うと、ヴァルトに迎えに来てほしいのに、ためらってしまう。

「やはり君を守れなかった私のことは信用できないか？」

「そんなことはありません！」

「だったら、教えてくれ。私は君の無事をこの目で確かめたいんだ」

ぬいぐるみに憑依《ひょうい》している魂だけではなく、本物のフェルリナの無事を。

真剣なダークブルーの双眸《そうぼう》に見つめられ、愛する人に懇願《こんがん》されて断れるはずもない。

フェルリナはコクリと頷いた。

「わたしは今、離宮《りきゅう》の最上階にいます」

離宮は王城の東側に位置し、眼下《がんか》には海が見えること。

部屋には鍵《かぎ》がかかっており、見張りの騎士《きし》が二人いること。

王城に呼び出される時には部屋から出られるが、フェルリナ一人では逃《に》げ出すことが難しいこと。

それらの状況を伝えていると、どんどんヴァルトの顔が険しくなっていく。

「あいつら、絶対に許さん」

「陛下、これでも以前の生活よりはましです！　寝具《しんぐ》も清潔ですし、食事ももらえているので！」

殺気を纏《まと》い始めたヴァルトをなだめようと、フェルリナは慌てて言い募《つの》る。

シェインがフェルリナを特別視しているおかげか、最低限の生活は保障されていた。

時々彼自身が様子を見に来て、傷薬や食事をくれるのだ。

「実は、わたしの従兄《いとこ》で、〝古の遺品〟管理責任者のシェインさんという方が、魔力《まりょく》の気配を視《み》る力を持っているようなんです。それで、わたしにも何らかの魔法が使えることが見抜《みぬ》かれてしまって……わたしはルビクス王国にいるべきだと」

「なんだと？　私のリィナに近づく不埒《ふらち》な男が……？」

シェインの名を出した途端《とたん》、ますますヴァルトの雰囲気《ふんいき》が険悪になっていく。

「あの、陛下？」

「いや、すまない……リィナ一人に対して、守りが厳重すぎると思ったが、そういうことか」

「申し訳ありません。ますます厄介《やっかい》なことに」

「リィナは何も悪くない。ルビクス王国にとって価値があると今更《いまさら》気づいたところで、リィナはもう私の皇妃だ。誰にも渡《わた》さない」

「あ、でも、おそらくシェインさんはまだ誰にもこの話をしていないと思います。他の誰にも魔法について聞かれなかったので、どのような魔法か確証が持てるまでは黙《だま》っているつもりなのではないでしょうか」

そうなのだ。シェインがあれだけフェルリナが特別だと興奮していたので、すぐにでも誰かに調べられると思っていた。

それに王妃がそのことを知れば、さらに憤《いきどお》るだろうとも。

しかし、シェイン以外の誰からも、フェルリナの魔法について聞かれることも話題に出されることもなかったのだ。

「そういえば、マーガレットお姉様は〝古の遺品〟について何か言っていましたか？」

「いや。どうせなら我が国の〝古の遺品〟について調べさせたいと考えていたんだが、正式に皇妃だと公表するまでは何もしないと言い張っている。本当にあの王女が魔法の知識を持っているのか甚《はなは》だ疑問だ」

苛立《いらだ》ったような口調で、ヴァルトが言った。

ヴァルトが怒《いか》りを覚えるのも当然だろう。

人質交換《ひとじちこうかん》を持ち掛《か》けてきたのは、そもそもガルアド帝国の〝古の遺品〟には危険な魔法が封《ふう》じられているかもしれないという前提があったからだ。

仮にも皇妃としてガルアド帝国に来たのであれば、真っ先に〝古の遺品〟に危険がないかチェックするべきではないだろうか。

（本当なら、わたしがお役に立てることのはずなのに……）

自分の代わりにマーガレットが〝古の遺品〟について頼《たよ》りにされていることが、悔《くや》しいと思ってしまう。

そんな考えを振り払《はら》って、今はシェインから得た情報をヴァルトに伝える。

「陛下、そのシェインさんが言っていたのですが、マーガレットお姉様は興味のある〝古の遺品〟のことしか覚えなかったそうです」

「そうなのか？」

「はい。もしかしたら帝国にある〝古の遺品〟に関する知識は少ないのではないでしょうか。いつからなのかは分かりませんが帝国の鉱山に長らく眠っていたでしょうから、手元にないものを詳しく勉強したとは思えません」

だからこそ、ガルアド帝国の〝古の遺品〟を確認することを引き延ばしているのではないだろうか。

それと、ヴァルトが魔法にかかっていないと確認できた今、王妃の言っていたことははったりだったと分かった。

冷静になれば、管理者であるシェインが騒《さわ》ぎ立ててないということは、マーガレットが勝手に〝古の遺品〟を持ち出していないこともほぼ確定だろう。

「マーガレットお姉様は〝古の遺品〟を持ってきてはいないと思いますので、帝国の〝古の遺品〟を無理やりにでも使おうとしない限りは魔法については心配ありません。あと、〝古の遺品〟には発動条件があって、その条件が揃《そろ》わなければ魔法が発動することはないそうです」

「分かった。それならばあの王女の言い分にのって、〝古の遺品〟に近づけさせない方がいいな。それに、〝古の遺品〟を持っていないのであれば、こちらも動きやすくなる。重要な情報をありがとう、リィナ。助かった」

ヴァルトはぬいぐるみの頭を優しく撫でた。

「こちらこそ、ありがとうございます。陛下のお役に立てたならよかったです！」

ヴァルトのたくましい腕にそっと手を重ね、フェルリナは笑みを浮かべた。

今は表情がほとんど変わらないぬいぐるみだけれど、きっとヴァルトには伝わるだろう。

「ぬいぐるみでもいいから、リィナに会いたい。話がしたい——毎日ルーに願っていたんだ」

ヴァルトは、優しい眼差しをぬいぐるみに向ける。

ぬいぐるみを通して見える、フェルリナに。

輝《かがや》く星空を閉じ込めたようなダークブルーの瞳《ひとみ》と、同じ色を持つぬいぐるみの宝石の瞳が交わる。

「わたしも同じです。ぬいぐるみでいいから、陛下にお会いしたい。そう願ったら、ここにいました」

ルビクス王国にいたフェルリナの魂が、ガルアド帝国にあるぬいぐるみに憑依した。

今までとは違い、長距離を魂が移動したことになる。

これは、二人の会いたいという強い想《おも》いによって実現した、奇跡《きせき》のような魔法なのかもしれない。

そう思うと、ヴァルトへの愛おしさが溢《あふ》れてくる。

「ヴァルト様、大好きです！」

ヴァルトの膝上《ひざうえ》でぴょんと跳《は》ねて、彼の頬《ほお》にキスをする。

ぬいぐるみからの不意打ちのキスと名前呼びにヴァルトは一時停止していた。

「あの、陛下？」

小首を傾《かし》げれば、ヴァルトは眉間にしわを寄せ、片手で口元を押さえた。

「……くそ、反則だ」

大胆《だいたん》すぎて引かれてしまったのだろうか。

ぬいぐるみとして触れられるうちに、フェルリナの気持ちも行動でしっかりと伝えておきたかったのだが。

「今、君がぬいぐるみで本当によかった。こんな可愛《かわい》いことをされたら、理性が飛ぶ」

「……え？」

「だが、覚悟《かくご》しておいてくれ。今の私にはリィナが不足しているから、帰ってきたら君をたっぷり補充《ほじゅう》させてもらう」

熱い眼差しと言葉に今度はフェルリナがドキッとしてしまう。

（わたし、耐《た》えられるかしら……？）

ヴァルトのことが好きすぎて、耐えられないかもしれない。

それでも、大好きなヴァルトからの愛であればすべてを受け入れたい。

フェルリナも、ぬいぐるみではなく、自分の体で、ヴァルトのぬくもりを直接感じたかった。

「もっと一緒にいたいが、君の従兄に勘《かん》づかれる前に戻った方がいい。これだけの距離を移動したんだ。体にも相当の負担がかかっているかもしれない」

「わ、わたしは平気です！」

（せっかく陛下にお会いできたのに）

まだ帰りたくない。離れたくない。

無意識に、フェルリナはヴァルトにぎゅっと縋《すが》る。

「リィナのことが心配なんだ」

ぬいぐるみの体は側にあっても、本当のフェルリナの体はルビクス王国にある。

意識を失っているフェルリナの体はどうなっているのか。

遠距離で憑依するのは初めてだから、自分でも分からない。

ガルアド帝国では本体はリジアが見守ってくれていた。

しかし、ルビクス王国の離宮で幽閉《ゆうへい》されている今、フェルリナの本体の無事は保障できない。

その上、フェルリナの魔法に興味を持つシェインがいるのだ。

もし今、彼が離宮を訪ねてくれれば、フェルリナが魔法を使っていることに気づかれてしまうだろう。

ヴァルトの心配も理解できる。

それでも、フェルリナはヴァルトの手にぎゅっとしがみつく。

「また憑依できる保証がないから、陛下の側にいたいんです……っ！」

「私もリィナと離れたくはない」

「それなら、このまま」

「だが、もし今一緒にいることを優先して君に何かあったら、私は今度こそ自分を許せない」

ただでさえ、あの会合の時に守ることができなかったのに。

ヴァルトは優しくぬいぐるみの体を抱きしめる。

「君がいない毎日は生きた心地《ここち》がしない。私は今だけではなく、この先もずっとリィナと一緒にいたいんだ」

ヴァルトの優しさと愛情に包まれて、フェルリナの覚悟も決まった。

（わたしも、陛下と生きていく未来のために頑張《がんば》りたい）

ぬいぐるみとしてヴァルトの側にいたとしても、フェルリナにできることは少ない。

この魔法を使ってマーガレットに対抗できるはずもないのだ。

それぞれの場所で、二人の未来のために――ガルアド帝国とルビクス王国の和平のためにできることをやらなければ。

「すぐに迎えに行くから、待っていてくれ」

ヴァルトの力強い言葉にフェルリナは頷いた。

「はい。わたしは、陛下が迎えに来てくださるのをルビクス王国で待っています」

フェルリナは、自分の体に戻るために意識を集中する。

すると、ヴァルトが不意にぬいぐるみの頭にそっとキスをした。

「も、もう自分で戻れますよ……っ？」

「あぁ、分かっている。仕返しだ」

ヴァルトはにっと笑って、今度はぬいぐるみの口にキスを落とした。

フェルリナの心臓はドキドキと高鳴り、間近に迫《せま》ったヴァルトの顔に内心で悲鳴を上げる。

（陛下〜〜〜っ！）

ヴァルトからの「愛している」を最後まで聞く前に、フェルリナは意識を失った。


くたりと意識のなくなったぬいぐるみを抱いて、ヴァルトは立ち上がる。

扉を開けると、グランがすぐにこちらに気づく。

「あれ？　もう妃殿下は戻ったの？」

「あぁ。居場所も、ルビクス王国で間違いない」

王妃の情報を鵜呑《うの》みにはできず、確証を得るためにヴァルトとグランの方で探《さぐ》っていたのだ。

フェルリナを探しているとルビクス王国側に知られれば、彼女に危害が加えられるかもしれないから、慎重《しんちょう》に。

なかなか情報が得られず焦燥《しょうそう》が募っていた時に、本人から話を聞くことができた。

居場所が分かったのなら、迎えに行くだけだ。

（次はもう奪わせない）

ヴァルトはぐっと拳を握った。

「今すぐガイヤを呼んできてくれ」

「了解。場所は執務室でいいな？」

「あぁ、頼む」

グランはにっと笑って、親指を立てる。

こちらの考えなどお見通しのようだ。

「ようやくあの王女のことを説明してくれる気になったんですね」

執務室に入ってくるなり、騎士団長ガイヤは不満を隠《かく》そうともせずに言った。

右頬の傷が特徴《とくちょう》的な大柄《おおがら》な男は、騎士団の中で唯一《ゆいいつ》ヴァルトと張り合う実力を持つ。

会合があったあの日、近衛《このえ》騎士が守るべき皇妃フェルリナがいなくなり、代わりに我儘《わがまま》な王女の護衛をする羽目になったのだ。

騎士たちには事情を説明せず、王女を客人として護衛するようにとだけ命じていた。

ガイヤが不満を覚えるのも当然だろう。

それが分かっているから、ヴァルトは素直《すなお》に謝罪を口にする。

「悪かった。こちらにも色々と事情があったんだ」

ヴァルト自身、フェルリナを守れなかった絶望を味わい、冷静ではなかった。

それに、ルビクス王国側の暴挙を多くの人間に知られるわけにはいかなかった。

反和平派を退け、フェルリナは皇妃として受け入れられたが、ルビクス王国との戦争は未《いま》だに人々の記憶《きおく》に新しい。

そんな中で、皇妃を奪われたとなれば、和平を結ぶことで実現した平和が崩《くず》れ去ってしまう。

だからこそ、城内への受け入れも手早く、最小限の人間にしか知られないよう注意した。

マーガレットには常に【黒】の監視《かんし》を付け、行動範囲《はんい》も彼女に気づかれないよう制限している。

万が一、ルビクス王国と連絡《れんらく》をとるような素振《そぶ》りがあれば止められるように。

フェルリナがルビクス王国の離宮にいることが分かった今なら、大胆な行動に出ることができる。

故《ゆえ》に、ヴァルトはガイヤを呼んだのだ。

「あの会合の日、皇妃フェルリナは一方的に人質交換を申し出てきたルビクス王国によって攫《さら》われた。人質交換に応じるつもりはないが、マーガレット王女を皇妃として受け入れなければ、フェルリナに危害が加えられるかもしれない状況にある」

「なるほど……それで皇妃であるという主張を否定できず、丁重《ていちょう》に扱《あつか》う必要があったというわけですね」

ガイヤの言葉に頷いた。

さすがヴァルトが信頼《しんらい》を寄せている騎士団長だ。

ヴァルトの簡潔な説明でも、現状を理解してくれた。

「あぁ。フェルリナの状況が分からないまま、あの王女を追い返すことはできなかったからな。だが先ほど、私の皇妃がルビクス王国の離宮に幽閉されているという情報が入った。彼女が危険だ」

本当は何もかも投げ出して、今すぐルビクス王国へ走り出したい。

しかしそれでは、フェルリナを助け出すことはできないだろう。

「一刻も早くルビクス王国へ向かう必要がある。すぐに騎士団を動かせるか？」

ヴァルトがそう問えば、ガイヤは膝をついて左胸に手をあてた。

「帝国騎士団は陛下の――この国の剣《けん》であり、盾《たて》です。大切な皇妃殿下を助けに行く重要な任務であれば、喜んで。それに、これで妃殿下を恋《こい》しがって嘆《なげ》く騎士の相手も、我儘王女に対する苦情も聞かなくて済みますよ」

そう言って、ガイヤはにかっと歯を見せて笑う。

「そういえば、近衛騎士たちに妃殿下は人気ですもんね～」

今まで黙って聞いていたグランが、ここで口を挟んできた。

近衛騎士たちに人気だったとは初耳である。

「そうそう。妃殿下は護衛騎士への挨拶《あいさつ》やお礼も欠かさないし、いつも労《ねぎら》いの言葉をかけてくれるから、近衛騎士隊では毎日誰が妃殿下の護衛をするかで勝負してたくらいでな」

「なんだと……？　私の皇妃を邪《よこしま》な目で見ていた奴《やつ》はいないだろうな？」

「心配しなくても、陛下を敵に回すような馬鹿はいませんって。それよりも、妃殿下を助けるための作戦を立てますよ」

グランがパンと手を叩《たた》いて、本題に戻す。

騎士団長ガイヤと共に、ルビクス王国へフェルリナを迎えに行き、マーガレットをつき返すための作戦を立てていく。

もう二度と失敗は許されない。

会合でフェルリナを守れなかったのは、近くに控《ひか》えていたグランと騎士団も同じこと。

フェルリナを助け出したい。

同じ思いを胸に、三人で真剣に話し合った。

そして——。

「これより、皇妃奪還《だっかん》作戦を開始する」

フェルリナを迎えに行くための作戦が幕を開けた。

第5章　冷酷皇帝、降臨

冷たい床《ゆか》の上で目が覚めて、体の痛みを感じて、フェルリナはルビクス王国に戻《もど》ってきたのだと実感する。

誰《だれ》もいないと思っていたのに、近くで人の気配がした。

「随分《ずいぶん》と長く眠《ねむ》っていたようですね」

シェインがじっとモノクル越《ご》しにフェルリナを見ている。

その視線から逃《に》げるように顔を背《そむ》け、フェルリナは頷《うなず》いた。

「……疲《つか》れていたので」

「魔法《まほう》の痕跡《こんせき》が濃《こ》く視《み》えますが、本当に眠っていただけですか？」

シェインの問いにギクリとする。

「わ、わたしは何もしていません！」

フェルリナが強く否定すれば、シェインはため息をついた。

「僕はあなたを傷つけるつもりはありません——と言っても、信用されないのは仕方ありませんね。まさか王妃《おうひ》様があなたにそのような仕打ちをするとは思っていなかったのです」

そして、今日もカバンから薬と包帯を取り出した。

シェインは時々こうして、フェルリナに薬や食事を届けにくる。

フェルリナが持つ魔法を探《さぐ》るためなのだろうが、本気で知りたければ強硬《きょうこう》手段に出てもおかしくはない。

しかし、シェインがフェルリナの魔法について尋《たず》ねたのは初日だけだ。

あんなにも興味を持って、知りたがっていたのに。

その理由がずっと気になっていた。

だから、フェルリナは思い切ってシェインに声をかけてみる。

「あの、ありがとうございます」

「お礼はいりません。あなたが傷つけられているのは、僕が王妃様に協力したせいですから」

「薬のことじゃなくて……わたしに魔法の気配が視えることを誰にも言わないでいてくれていますよね？」

「あぁ、そのことですか。どんな魔法か分からないまま、他人に言うようなことはしませんよ。でも、少し後悔《こうかい》しています。あなたが特別な存在だと知れば、こんな仕打ちはできないだろうに……」

そう言って、シェインは表情を曇《くも》らせた。

シェインは王妃がどれだけフェルリナを憎《にく》んでいるのか知らないのだろう。

もしフェルリナが特別な存在だと知られれば、その憎悪《ぞうお》はきっと増す。

(でも、もう王妃様の言いなりにはなりたくない)

フェルリナはヴァルトと幸せになる。

愛する人と歩く未来を手にしたい。

そのために、フェルリナが今ここでできることをする。

「シェインさん、わたしに〝古《いにしえ》の遺品〟について教えてもらえませんか?」

「それは……」

フェルリナに魔法の知識を与《あた》えないこと。

きっとシェインは王妃ヴィエラからそう命じられているはずだ。

それなのに、彼はフェルリナの身を案じてくれた。

王妃に協力したことに罪悪感を覚え、最も知りたい魔法についても無理やり暴こうとはしてこない。

それに、シェインは王妃や姉王女たちとは違《ちが》い、フェルリナが使用人の子だからと見下したり、蔑《さげす》んだりしなかった。

フェルリナがこのルビクス王国で頼《たよ》れるのは今、シェインだけだった。

「少しでも悪いと思っているのなら、協力してください。それに、もしわたしが特別な存在なのだとしても、魔法の知識がなくては何もできません。わたし自身の魔法がどのようなものかを知るためにも、魔法のことを知りたいのです！」

シェインは魔法の気配を視ることができるだけで、どのような魔法が使えるのかを見抜《みぬ》くことはできない。

研究者である彼は、フェルリナの魔法について知りたいと思っているはずだ。

〝古の遺品〟を使わずに魔法が使える秘密を。

（わたしも、自分がどうして魔法を使えるのか知りたい）

魔法のことを学べれば、その理由が分かるかもしれない。

そして何より、魔法の知識があればヴァルトの役に立てる。

そうすれば、ルビクス王国の王女として、ようやく胸を張って彼のもとへ帰ることができる。

あの時答えられなかった兄の問いに、今度こそ人質交換《ひとじちこうかん》は必要ないと自信を持って答えられるように。

愛する人を守るために変わりたい。強くなりたい。

フェルリナが覚悟《かくご》を決めた眼差《まなざ》しでシェインの答えを待っていると、彼は降参したように軽く両手を上げた。

「分かりました。お教えします。でも、このことは誰にも内緒《ないしょ》ですよ」

「はい、もちろんです！」

「早速《さっそく》と言いたいところですが、今日のところは薬を飲んでしっかり休んでください。あなたの身に何かあっては意味がありませんから」

言われて気づいたのだが、体が鉛《なまり》のように重い。

遠距離《えんきょり》でぬいぐるみに憑依《ひょうい》した影響《えいきょう》もあるのだろう。

（陛下に心配をかけないためにも、休める時にちゃんと休もう）

そうすれば傷の治りも早いだろう。

フェルリナはシェインの言葉に素直《すなお》に頷いた。

「それでは明日、また来ますね」

シェインが部屋を出て行って、フェルリナは「よし！」と気合を入れる。

まずはしっかり食べて、薬を飲まなければ。

またやせ細った体に逆戻りしては、ヴァルトだけでなくリジアにも心配をかけてしまう。

ガルアド帝国《ていこく》の食事を恋《こい》しく思いながら、フェルリナは冷めたパンとスープを口にした。


憑依から戻った翌日。

シェインは早速〝古の遺品〟に関する書物を持ってきてくれた。

「これは魔法が息づいていた時代の物語で、こっちは〝古の遺品〟について記された歴史書です。かつての魔法使いの伝記や魔法が失われた後の記録もありますよ」

「魔法に関する本がこんなに……」

今まで秘匿《ひとく》されていた魔法の知識が、本という形で目の前にあることが信じられなかった。

「そりゃあ、ルビクス王国は魔法の始まりの国ですからね。しっかりと記録には残していますよ。とはいえ、魔法に関する記録は国の重大機密ですから、王族やごくわずかの限られた人間しか読むことは許されていませんが」

〝古の遺品〟を管理しているシェインであれば、すべての書物を持ち出し可能だという。

さすが国王からの信頼《しんらい》が厚いだけのことはある。

「ただし、これらを長期間持ち出すことはできないので、気になる本を選んでください」

そう言われ、フェルリナは山のように積まれた本に手を伸《の》ばす。

ルビクス王国と魔法の歴史を記したもの、魔法が失われた原因を考察したもの、〝古の遺品〟について論じたものなど、興味深い内容の本ばかりだ。

しかし、フェルリナの目に留まったのは、『王子様と魔法の箱』というタイトルの絵本。

「これは……？」

「あぁ、すみません。子ども向けの絵本も交ざっていたようですね」

魔法に関する書物をまとめて持ってきたせいで、交ざってしまったのだろう。

「これはルビクス王国の子どもたちに、王家が偉大《いだい》であることを伝えるために創作されたものなので、特に参考にはならないと思いますよ」

「それでも、気になります」

フェルリナが幼い頃《ころ》、母が読んでくれた絵本に似ている。

悲しい出来事が立て続けに起きたせいで記憶《きおく》は曖昧《あいまい》だけれど、魔法使いが出てくる絵本だった気がするのだ。

「随分と脚色《きゃくしょく》されていますし、事実とは異なる部分もありますが……ルビクス王家や〝古の遺品〟がどのようなものかを知るにはちょうどいいかもしれませんね。読んだ後、僕なりの解釈《かいしゃく》と考察をお話ししましょう」

シェインは初日の題材をこの絵本に決めたようだ。

（初めて、わたしも魔法のことを学べるのね）

最悪の状況《じょうきょう》ではあるが、フェルリナの胸は高鳴った。

今まで禁じられていた知識に手を伸ばすことができる。

言いようのない高揚《こうよう》感に包まれながら、フェルリナは絵本をめくって読み始める。

絵本の内容は、主人公の王子が滅亡《めつぼう》する国を救うために旅をするというもの。

王子の国は、魔法による恩恵《おんけい》を受けていた。

しかし、突然《とつぜん》襲《おそ》い掛《か》かった災厄《さいやく》によって魔法が失われていき、国は衰退《すいたい》していく。

魔法がすべて失われる前に王子は魔法の箱を手に国中を巡《めぐ》り、まだ失われていない魔法の力を集め、滅《ほろ》びゆく国を救うのだ。

王子は、偉大なる魔法使いの血を引く特別な存在だったから。

絵本を読み終わり、フェルリナはふうと息を吐く。

絵本の舞台《ぶたい》である魔法が息づく国はルビクス王国で間違《まちが》いないだろう。

ということは、つまり。

「王子が持っている魔法の箱が、〝古の遺品〟ですね？」

「ええ、そうです。〝古の遺品〟には、かつての魔法使いたちが残した魔法が封《ふう》じられているとされています」

「主人公の王子がルビクス王家を指しているのであれば、〝古の遺品〟は王家が作り出したものということでしょうか？」

〝古の遺品〟に封じられた魔法を使うことができるのは、偉大なる魔法使いの血筋であるルビクス王家の者のみ。

ずっとフェルリナは不思議だったのだ。

かつて魔法が息づいていた時代、魔法使いはルビクス王国以外にも存在していた。

それなのに何故《なぜ》、ルビクス王国にのみ魔法が現存し、その力を使うことができるのか。

そもそも〝古の遺品〟を作ったのがルビクス王家だったのであれば。

（魔法が失われていく中で、魔法を留《とど》める方法を見つけることができたなら、魔法を独占《どくせん》しようと考えてもおかしくはないわ……）

他国が未知なる魔法を恐《おそ》れてルビクス王国に手が出せない現状を考えれば、あながち間違っていないような気がした。

「――だから、ルビクス王家の者だけが〝古の遺品〟を使うことができるのでしょうか？〝古の遺品〟の発動条件をルビクス王家であることとしておけば、他国の人間に奪《うば》われても魔法は脅威《きょうい》ではなくなるから……」

「そうですね。確かにそのように読み取ることもできますが、実際は違います。古の魔法使いたちは、自身の魔力《まりょく》でもって魔法を使うことは当然できましたが、その魔法を何かに封じる力はなかったようです」

「ということは、ルビクス王家のみが魔法を封じる力を持っていた、ということですか？」

フェルリナの問いに、シェインは「その通りです」と頷いた。

偉大な魔法使いの血を引くルビクス王家は、昔から特別な存在だったのだ。

「魔法を封じる力があるのなら、解放する力も持っていたはずですものね」

その特別な力を使える人間がルビクス王家の者しかいなかった、ということなのだ。

「しかし、驚《おどろ》きました。この絵本でそこまでの考察ができるとは。どうしてあなたが無能だと言われているのか不思議でなりませんね。やはり、フェルリナ王女には〝古の遺品〟の研究に貢献《こうけん》していただかなければ！」

シェインが目を輝《かがや》かせて微笑《ほほえ》んでいる。

ルビクス王国に貢献したいとはもう思わない。

（でも、わたしがガルアド帝国に帰るつもりだと知られたら、もう教えてもらえないわよね……）

〝古の遺品〟に関する情報は、ルビクス王国の重要機密だ。

今は、人質交換によってフェルリナがルビクス王国に残ると思っているから、シェインは魔法の知識を教えてくれているのだ。

ヴァルトがフェルリナを迎《むか》えに来る可能性なんて、誰も考えていないのだろう。

それぐらいルビクス王国にとってフェルリナは価値のない存在だったから。

けれど、それでいい。

警戒《けいかい》されて警備を今以上に厳重にされたら、ヴァルトのもとへ帰ることができなくなる。

今はシェインから情報を得ることだけを考えよう。

きっと、ヴァルトはもうすぐ迎えに来てくれる。そう信じて。

「はい。お役に立てるように頑張《がんば》りたいので、もっと色々教えてください！」

フェルリナはぐっと拳《こぶし》を握《にぎ》って気合を入れ直した。


「マーガレット王女、私たちは夫婦《ふうふ》になるんだ。まずは互《たが》いを知るためにも、明日から旅行に行かないか？」

「新婚《しんこん》旅行ということですわね？　嬉《うれ》しいですわ！」

珍《めずら》しくヴァルトが夕方に部屋を訪ねてきたと思ったら、旅行のお誘《さそ》いだった。

突然の誘いに驚いたが、マーガレットは迷うことなく頷いた。

（ふふ。ようやく私の魅力《みりょく》に気づいたようね）

マーガレットは、「夫婦」や「新婚」という言葉に浮き立つ。

ヴァルトは夫婦と自ら言っていたし、「新婚旅行」という表現も否定しなかった。

ということは、もうフェルリナのことなど忘れて、マーガレットに夢中なのだろう。

その翌日。

ガルアド帝国の侍女《じじょ》たちに集めさせた宝飾《ほうしょく》品やドレスを眺《なが》めながら、マーガレットは気分良く仕度《したく》を始める。

「ドレスはこれ、宝飾品はこれにするわ」

黄金に輝くドレス生地《きじ》には、銀糸で美しい刺繍《ししゅう》が施《ほどこ》されている。

選んだ宝飾品は大粒《おおつぶ》のダイヤモンドを埋《う》め込んだネックレスと揃《そろ》いのイヤリング。

「マーガレット様の抜群《ばつぐん》のスタイルを引き立てる素敵《すてき》なドレスだと思いますわ！」

「ダイヤモンドの輝きも、マーガレット様の美しさには劣《おと》りますわ！」

ルビクス王国から連れて来た侍女たちが、マーガレットを褒《ほ》めちぎった。

マーガレットは自分の美貌《びぼう》とスタイルに自信がある。

美しさこそが正義なのだ。

それなのに、ガルアド帝国の侍女たちは美しいマーガレットを見てもなお、無言を貫《つらぬ》いている。

「ちょっと、化粧《けしょう》品はまだ？」

「申し訳ございません。すぐにお持ちします」

「ったく、使えないんだから」

覇気《はき》のない返事に、マーガレットはため息をつく。

ガルアド帝国の侍女たちは使えない者ばかりだ。

(これから私の要望を叶《かな》えられる侍女に教育しなくちゃね)

皇妃《こうひ》として下の者を教育するのは当然のこと。

マーガレットは、偉大なる母のように強く美しい皇妃になるつもりだ。

（それにしても、本当に陛下は美しい方だわ）

ルビクス王国に届く噂話《うわさばなし》は、戦場でのことがほとんどだった。

返り血を浴びる姿は怪物《かいぶつ》のように恐ろしい。

親兄弟をも手にかけ、皇帝《こうてい》の座についた冷酷《れいこく》皇帝だと。

捕虜《ほりょ》を拷問《ごうもん》し、いたぶるのが趣味《しゅみ》だとか。

しかし、本当のヴァルトはとんでもなく美しい容姿をしていた。

陽光に輝く白銀の髪《かみ》はサラサラで、ダークブルーの瞳《ひとみ》はまるで宝石だ。

母であるヴィエラから人質交換の話を持ち出された時は断固拒否《きょひ》だと思っていたが、豊《ほう》穣《じょう》祭の様子を魔法の鏡で見せてもらって、気が変わった。

怪物のようにおぞましいと想像していた分、その美貌にマーガレットは一瞬《いっしゅん》で心を奪われた。

（ようやく私に相応《ふさわ》しい男を見つけたのだもの）

絶対に逃がしたくない。

今まで数多くの縁談《えんだん》があったが、マーガレットはすべて断り続けてきた。

それは、マーガレットに見合う地位と容姿を持つ男がいなかったからだ。

小国の王子には興味がない。いくら金と地位があってもタイプではない男は論外だ。

自分の価値を下げるようなことはしたくないし、ルビクス王国という特殊《とくしゅ》な王国の付加価値を知らないわけではない。

国内の貴族にも数多く言い寄られたが、マーガレットの求める地位を与えられる者はいなかった。

だからこそ、フェルリナがヴァルトと一緒《いっしょ》に並び、幸せそうに微笑んでいる姿を見て無性《むしょう》に腹が立った。

帝国の皇妃という地位、美形の皇帝、そして人質という立場ながら国民たちに愛されている。

それは、あってはならないことなのだ。

「ねえ、あの子は陛下と旅行に行ったことはあるの？」

「いいえ」

愛想《あいそ》のないリジアの返事にも、マーガレットの心は弾《はず》んだ。

(あの子とは行っていない新婚旅行に誘われたのだもの。きっと、私のことを特別に想《おも》ってくれているのだわ！)

やはりフェルリナを大切にしているように見えたのは、フェルリナを愛しているからではなく、ただの皇帝としての義務だったのではないだろうか。

ヴァルトの口数が少ないのも、なかなか目が合わないのも、マーガレットが美しすぎるからだろう。

今まで出会った男たちは皆《みな》、美しい自分を前にして真っ赤な顔でガチガチに緊張《きんちょう》していた。

マーガレットから積極的にアプローチして、落ちない男なんていない。

風は自分に向いている。

ガルアド帝国の皇妃はマーガレットだと認めさせ、ヴァルトの心を奪う。

そうすればきっとマーガレットも幸せになれる。

不幸になるのは、フェルリナだけ。

「今日の私も完璧《かんぺき》に美しいわね」

鏡の前で美しく着飾《きかざ》った自分と目が合い、マーガレットはにっこりと微笑んだ。


ガルアド帝国の城門を二台の馬車が通り過ぎていく。

一つは、黒地に金の装飾《そうしょく》が美しい皇帝の紋章《もんしょう》が入った馬車。

もう一つは、装飾のない実用的な馬車だ。

近衛騎士《このえきし》隊が馬車を護衛するように付き従い、帝都《ていと》の民《たみ》たちは何事かと首を傾《かし》げていた。

ヴァルトが皇帝になって、紋章入りの馬車を出したことはなかった。

「もしかして、皇妃殿下《でんか》が乗っているのかな？」

「そうかもしれない！」

「皇妃様～っ！」

ヴァルトは普段《ふだん》、馬車は使わず愛馬で移動する。

馬車を使うということは、最近お披露目《ひろめ》された皇妃が乗っているのかもしれない。

馬車を目撃《もくげき》した者から一気に噂が広まり、皇妃フェルリナに一目会おうと馬車の通り道には人が集まってきた。

しかし、馬車の窓から姿を現したのは、金髪《きんぱつ》にエメラルドの瞳を持つ派手な美女。

ピンクローズの髪と赤紫《あかむらさき》の瞳を持つフェルリナとは似ても似つかない。

「……あれは誰だろう」

誰もが首を傾げた直後、窓を開けて美女が手を振《ふ》った。

「ごきげんよう。今日から私がガルアド帝国の――」

皇妃だと宣言しようとしたタイミングで、馬に乗った騎士たちが馬車を取り囲む。

何事かと首をひねる国民たちを置いて馬車は全速力で帝都から進んでいった。

「――ちょっと、何なのよ」

ムッとした表情で、マーガレットは割り込んできた近衛騎士たちを睨《にら》んだ。

馬車と並走《へいそう》している騎士の一人が真剣《しんけん》な眼差しで答える。

「私たちは妃殿下をお守りするのが仕事です。大切な御身《おんみ》に何かあってはいけませんので、厳重にお守りさせていただきます」

「まぁ、そういうことなら仕方ないわね」

皇妃として大切に守られているのだと思えば、マーガレットの機嫌《きげん》はすぐに直った。

しかし、また同じように国民に余計なことを言われてはまずい。

マーガレットと同じ馬車に乗っているヴァルトは、彼女の気を引くために話しかける。

「あなたのような美しい人を守れることに張り切っているようだ。大目に見てやってくれ」

「そうですわね。今までは守る価値のない皇妃を守っていたのですもの。私の護衛ができて、彼らも喜んでいるでしょうね」

「……そう、だな」

感情的にならないようヴァルトはぐっと拳を握って答えた。

「ふふ。それで陛下、どこに向かっているのです？」

最初は向かい合っていたのに、マーガレットが笑《え》みを浮《う》かべて隣《となり》に座ってきた。

しなだれかかってこようとするのを感じ、ヴァルトは咄嗟《とっさ》に窓のカーテンを閉める仕草で避《よ》ける。

「ねぇ、陛下？　私たちの新婚旅行の行先《いきさき》はどこなのですか？」

「…………あなたに相応しい場所を選んでいるから、楽しみにしていてくれ」

ヴァルトは普段は全く使わない笑顔《えがお》の仮面を付けて、激しい怒《いか》りの感情と拒否反応を抑《おさ》えつける。

これもマーガレットを平和的にルビクス王国に送り返すため。

皇妃奪還《だっかん》作戦の要だ。

（——だが、どうして新婚旅行なんだ⁉）

フェルリナとも行ったことがないのに。

グランが力説し、ガイヤも名案だと頷いたので乗ることにしたが、ヴァルトの心境は複雑だった。

『お前の演技力にすべてかかってるんだからな！』

素直にルビクス王国に帰ってくれと言ってマーガレットが頷くはずがない。

どうせ魔法を使えないなら縛《しば》り上げてでも無理やり連れて行けばいい、というヴァルトの案は即却下《そくきゃっか》された。

そこで、マーガレットを騙《だま》してルビクス王国へ向かう馬車に乗せることになった。

帝都内ではなく、国境を越《こ》えていく長距離の移動だ。

買い物や視察などでは言い訳に使えない。

だから、新婚旅行だと嘯《うそぶ》いて出発し、ルビクス王国に到着《とうちゃく》するまでひたすら誤魔化《ごまか》し続ける。

休憩《きゅうけい》に立ち寄る街ではグランもいるが、基本的に馬車の中では二人きり。

その間にヴァルトがボロを出しては今回の作戦がすべて台無しになる。

演技力など皆無《かいむ》だが、フェルリナを助けるためだと言い聞かせ、ヴァルトは興味のないマーガレットの話に相槌《あいづち》を打つ。

「私、ネックレスやイヤリングなどが欲《ほ》しいのですけれど、行く先にはあるかしら?」

マーガレットは自分にどんな宝石が似合うのか、どんなドレスが欲しいのか、ということばかりを延々と話している。

散々ガルアド帝国でも贈《おく》り物を強請《ねだ》ってきて、与えているというのに。

(くそ……この王女と長距離の移動など耐《た》えられる気がしない!)

さっさと馬に乗り換《か》えて、単騎《たんき》でルビクス王国まで駆《か》けて行けたら——。

しかし、〝古の遺品〟を持っていなくとも、マーガレットが王妃と連絡《れんらく》を取る手段がないとは限らないのだ。

【黒】からの情報ではそういった素振《そぶ》りは今まで見せていないらしいが。

念には念を入れておかなければ、あの会合の二の舞《ま》いになる。

フェルリナを人質にとられている状態の今、ルビクス王国にたどり着くまでは慎重《しんちょう》に行動しなければならない。

ルビクス王国までは、馬車で最短五日。

先日の砦《とりで》からの二日間でも長く感じたのに、その倍かかると思えば初日から憂鬱《ゆううつ》だった。

休憩と宿泊《しゅくはく》を何度か挟《はさ》まなければならないことにも、気が重くなる。

「そういえば、大事なことを忘れていましたわ！」

早く目的地に着いてほしいと願っていたヴァルトの目の前で、マーガレットがパンと両手を叩《たた》いた。

冷たくならないよう気を付けて、ヴァルトはとりあえず聞いてみる。

「大事なこととは？」

「陛下、この旅行で私に指輪を贈ってくださらない？」

「は？」

「せっかくの新婚旅行ですのに、結婚《けっこん》指輪がないなんて私、心から楽しめる気がしませんの」

マーガレットは左手をかかげ、ちらちらとヴァルトを上目遣《うわめづか》いで見つめてくる。

貴重な宝石を贅沢《ぜいたく》に使いたいだの台座の装飾にもこだわりたいだの要望が止まらない。

突《つ》き飛ばしてもいいだろうか。それよりも、気絶させた方が早いのか。

（いかんいかん、冷静になれ。だが、どうしても指輪だけは……）

相手がフェルリナであれば、どんな我儘《わがまま》だって叶えてあげたい。

ところが、当の本人はヴァルトの瞳と同じ色の宝石がいいという可愛《かわい》いリクエストだけだった。

指輪を見る度《たび》にヴァルトのことを思い出せるから——と。

そう言ったフェルリナがあまりに可愛すぎて、ヴァルトは理性を保つのに苦労した。

オーダーメイドの指輪はもうすぐ完成する。

フェルリナ以外の者に指輪を贈るつもりはない。

嘘《うそ》でも贈るなんてヴァルトには言えず、無言で固まってしまう。

「陛下？」

訝《いぶか》しげにこちらを見るマーガレットから目を逸《そ》らした時、馬車が動きを止めた。

「陛下、一つ目の目的地に到着しました」

救いの手を差《さ》し伸べてくれたグランに内心で感謝をし、ヴァルトは即座《そくざ》に扉《とびら》を開く。

「ようやく着いたか！」

「おい、喜びすぎだぞ」

勢いよく馬車から出ると、グランに小声で注意された。

到着したのは、ガルアド帝国とルイネス山脈の中間地点にある街マクアリだ。

赤ワインが有名な街で、ワイナリーが観光名所にもなっている。

「マーガレット王女も馬車の移動で疲れただろう。まずはゆっくり休んでくれ」

ヴァルトは努めて優《やさ》しく声をかけた。

大事な皇妃を気遣っていることを装《よそお》うため、ヴァルトは滞在《たいざい》先の宿までエスコートする。

「ええ、そうですわね。今夜の晩餐《ばんさん》はもちろん陛下もご一緒してくださるのよね？」

「あぁ。もちろん」

自分の口から出る言葉に嫌悪《けんお》感が湧《わ》いて、心が悲鳴を上げている。

視線を逸らすと、赤い屋根に白い壁紙《かべがみ》の建物で統一された街並を夕陽《ゆうひ》が美しく照らしていた。

この美しい景色を一緒に見たい相手は他にいる。

今頃、彼女はルビクス王国でどのように過ごしているのだろうか。

自分一人の感情だけでは動くことのできない皇帝という縛られた地位に初めて嫌気《いやけ》がさした。

それでも、この立場でなければ彼女と出会うこともできなかった。

（フェルリナ。もう少しだけ待っていてくれ）

鮮《あざ》やかな赤と、芳醇《ほうじゅん》な香り。

グラスに注がれていくワインを見つめながら、ヴァルトは精神統一をしていた。

「まあ、味は悪くないですわね」

目の前には、ワインを口にするマーガレット。

宿の一室に運び込まれたコース料理は、ようやくメインの肉料理にさしかかっていた。

「けれど、陛下は、どうしてここを選んだのですか？　私、もっと景観の美しいところや珍しい宝石が採れるような特別な場所に行きたいですわ」

牛フィレ肉のステーキを切り分けながら、マーガレットが不満げに言った。

「マクアリの街はワインが有名なんだ。ぶどう畑が広がる景観は美しいし、ワイナリーでは様々なワインの飲み比べもできて面白《おもしろ》い。その土地で採れる特産品にも宝石と同じくらい価値があると私は思うが、マーガレット王女は違っていたようだな」

本気でマーガレットを楽しませるための旅ではないが、やはり自国の街を馬鹿にされるのは我慢《がまん》ならない。

ヴァルトは思わず無表情で言い返していた。

「ひっ……そ、それならそうと説明してくだされればよいではありませんか。それに、ここは途中《とちゅう》で立ち寄っただけでしたわね」

一瞬、ヴァルトの眼光に怯《おび》えながらも、すぐにマーガレットは持ち直す。

マーガレットの機嫌を損ねてここの先の行程に支障が出ては困る。

ヴァルトはワインを一気にあおり、用意していた台詞《せりふ》を吐く。

「あぁ。目的地はマーガレット王女も驚くはずだ。あなたのためを思って私が考えた素敵な場所だから、楽しみにしていてくれ」

「まぁ嬉しい！　楽しみにしていますわ！」

マーガレットはにこにこと食事を楽しんでいるが、ヴァルトは味すら分からなかった。

こんなにも食事の時間を苦痛に感じたことはない。

(リィナと食べる料理はどんなものでも美味《おい》しく感じられたのにな)

宮廷《きゅうてい》料理も、豊穣祭で食べたワッフルも、二人だけのお茶会で食べるお菓子《かし》も、何もかもに幸せの味がした。

フェルリナの笑顔が、ヴァルトの心を満たしてくれていたから。

「もう少し濃厚《のうこう》で強いものをもらえるか？」

給仕《きゅうじ》に新しいワインを注いでもらう。

こうしている間にも、フェルリナはルビクス王国で苦しんでいるかもしれない。

強い酒で誤魔化さなければ、フェルリナがいない食事に耐えられなかった。

そして、ようやく食事の時間が終わったのだが。

「陛下、どうして私たちの部屋が別々なのですか？」

マーガレットを部屋までエスコートし、背を向けると引き留められた。

「明日もまた移動の予定がある。あなたにはゆっくり休んでほしいんだ」

「陛下と一緒の方がゆっくり休める気がしますわ。それに、せっかくの新婚旅行なんですし……」

ドレスの胸元《むなもと》を強調し、マーガレットは上目遣いで迫《せま》ってくる。

ぎょっとして一歩後ずさるヴァルトに、マーガレットはムッとした表情を見せるが、すぐに何か思いついたような顔になる。

「あぁ、陛下もお可哀想《かわいそう》に。何の取《と》り柄《え》もない無能なあの子では、陛下を満足させられなかったでしょう？　ふふ、あの貧相《ひんそう》な体でよく陛下に愛されていると勘違《かんちが》いできたものだわ」

マーガレットは楽しそうにヴァルトの愛する人を嘲笑《ちょうしょう》する。

彼女ほど心優しく、純粋《じゅんすい》でまっすぐな女性をヴァルトは知らない。

側にいるだけで心が安らぎ、愛《いと》しいという感情が泉のように湧いてくる。

フェルリナは、ヴァルトが一生をかけて愛し、守ると誓《ちか》った相手だ。

大切な彼女を貶《おとし》める発言をされて、我慢できるはずがなかった。

「ねぇ陛下、私の部屋へ」

「……私に近づくな」

腕《うで》に絡《から》みついてこようとしてきたマーガレットを睨みつける。

これ以上マーガレットが近づいてきたら、自分が何をしでかすか分からない。

「陛下？」

ほんの少しの怯えがマーガレットの瞳に見える。

このままではいけないと思うのに、感情が抑えられない。

「あ～！　陛下は、かなり強いワインを飲んでいたので酔《よ》ってしまったようですね。マーガレット王女、申し訳ありませんが、陛下は酔うと何をしでかすか分からないので、早くお部屋に戻って休んだ方がいいですよ」

グランが慌《あわ》てて割り込み、笑顔でマーガレットを諭《さと》す。

ヴァルトの限界を見極《みきわ》めた側近のフォローに助けられ、ヴァルトも冷静さを取り戻すことができた。

「すまない、かなり酔ってしまったようだ。今の私ではあなたを守れないだろう」

よろけるフリをして、ヴァルトは騎士に目配せする。

「殿下、我々があなたをお守りしますから安心してお休みください」

「わ、分かりましたわ」

ヴァルトとマーガレットの間に割り込み、騎士が笑顔を見せる。

その隙《すき》に、ヴァルトは足早にその場を去った。

「あの女の口を、今すぐに塞《ふさ》いでくれ」

部屋に戻るなり、ヴァルトは我慢していた感情を吐き出した。

「冷静になれ。あの王女の機嫌を損ねたらルビクス王国入りが面倒《めんどう》になる。城内に入ることができれば、妃殿下を助けに行ける」

「それは分かっている。分かっているが、フェルリナを貶める発言を許容することはできない」

マーガレット自身の自慢《じまん》話や高飛車な発言だけならば、聞き流すことができた。

しかし、愛するフェルリナを侮辱《ぶじょく》されて、適当に相槌を打つことなどできない。

怒りのままに殴《なぐ》り掛からなかったことを褒めてほしいくらいだ。

「それより、かなり飲んでたけど本当に大丈夫《だいじょうぶ》なのか？　顔色悪いぞ」

演技ではなく、顔色が悪いことに気づいてグランが心配して言った。

「問題ない。ただ、嫌《いや》なことを思い出しただけだ」

「……確かに。あのタイプの女性、ヴァルトが即位《そくい》した直後はけっこう寄ってきてたもんな」

思い出したくもない記憶のヒモをマーガレットは引き出してくれた。

皇妃に自分が選ばれるはずだと自信満々で近寄ってきていた貴族令嬢《れいじょう》たち。

嘘くさい愛の言葉や色仕掛けだけならばまだいいが、媚薬《びやく》を盛られそうになったこともある。

近づいてくる者の中には第一皇子《おうじ》派の者もいて、ヴァルトの弱味を握ろうとしていた。

ヴァルトの人間不信が加速し、女性が苦手になったきっかけでもある。

フェルリナの存在が、最悪な過去を忘れさせてくれていたのだ。

「彼女を取り戻すためにも、必ずこの作戦は成功させる」

「一番不安なのはお前の演技だけどな。さっきも、王女のこと本気で睨んでなかった？」

「……あの王女の相手はお前にお願いしたい」

「無理だって～、オレは皇帝じゃないし。ま、あと四日の辛抱《しんぼう》だ。頑張れ！」

オレも全力でサポートするから、とグランはヴァルトの肩《かた》を慰《なぐさ》めるように叩く。

この旅の行程は五日間を予定している。

一日目でマクアリ、二日目にルイネス山脈のふもとの街で休み、三日目にはルイネス山脈を越える。

そして、四日目にルビクス王国内へ入り、五日目には王城を目指す。

（まだあと四日もあるのか……！）

その事実にヴァルトは愕然《がくぜん》とする。

だが、問題はこの先だ。

国境を越え、ルビクス王国へ入る段になればさすがにマーガレットも怪《あや》しむだろう。

「それじゃあ、今から演技指導を始めます！」

「お前、面白がってないか？」

「そんなわけないだろ！　お前がボロを出したらこの作戦は終わりなんだからな！」

これがグランなりの励《はげ》ましだということに気づいて、むずがゆい気持ちになる。

その時、コンコンとノックの音が響《ひび》いた。

グランが扉を確認《かくにん》しに行き、戻ってきた時にはクマのぬいぐるみを抱《だ》いたリジアが一緒だった。

もしまたフェルリナが憑依したらと思うと、どうしても城に置いてくることができなかったのだ。

本当は片時も離《はな》したくないのだが、マーガレットにぬいぐるみの存在を知られたくはない。

憑依の魔法について知られれば、面倒なことになるのは目に見えている。

そしてリジアにはマーガレットの寝仕度《ねじたく》を整えた後、ヴァルトの部屋に寄るようにと伝えていた。

「ルーに変化はあったか？」

「いいえ。ぴくりとも動きませんでした」

少しずつルビクス王国に近づいているから、フェルリナが憑依しやすくなると思ったのだが、反応はないらしい。

ガイヤを通して、リジアにも今回の皇妃奪還作戦は伝わっている。

いつも落ち着いた様子の彼女も、フェルリナのことになると全面的に協力すると前のめりだったという。

フェルリナは、ヴァルトだけでなく騎士や侍女たちからも愛されている。

（リィナ……早く君に会いたい）

ルビクス王国で一体、どのように過ごしているのか。

無事な姿を見るまでは安心できない。

しかし、良《い》い方向に考えれば、ぬいぐるみに憑依するような危機には陥《おちい》っていないということだ。

「ロコット男爵《だんしゃく》令嬢。就寝《しゅうしん》時は私がルーを預かろう」

「はい、かしこまりました」

リジアの腕から、ヴァルトの腕にぬいぐるみが手渡《てわた》される。

「あぁ、この感触《かんしょく》……ずっと触《ふ》れたかった……っ！」

リジアが見ていることも忘れて、ふわふわの抱き心地《ごこち》に思わず頬《ほお》を摺《す》り寄せる。

そこにフェルリナの意識がないことだけが寂《さび》しくて、彼女の残滓《ざんし》を求めてぎゅっと抱きしめた。

「そ、それでは陛下、私は失礼いたしますっ！」

ぬいぐるみに癒《いや》されているヴァルトを横目に、リジアは慌てて部屋を出て行った。

いつの間にかグランもいなくなっている。

バタン、と扉が閉まる音で我に返り、ヴァルトは固まった。

「……私は、一体何を」

自分でも制御《せいぎょ》できない行動というものがあるのだと、ヴァルトはこの日初めて知った。


二つ目の街を通り過ぎ、ルイネス山脈にさしかかったところでマーガレットは気づいた。

「あれ？　ルイネス山脈を越えようとしていません？」

「…………」

ヴァルトは何も言わず、ただ馬車の中から窓の外に見える雲を眺めていた。

心なしか、青空に浮かぶ雲がクマの形に見えてくる。

(これまではずっと一緒にいたのに……)

フェルリナに触れたい。ぬいぐるみに触れたい。

フェルリナとも、ぬいぐるみとも、こんなにも離れたことはなかった。

日中、ぬいぐるみはリジアの元にいて会えない。

夜はぬいぐるみを抱いて、フェルリナが憑依しないか見守っていたので、ほとんど眠れていない。

その上、マーガレットの相手をして疲弊《ひへい》しきっているヴァルトの頭の中は、癒しを与えてくれるクマのぬいぐるみのことでいっぱいだった。

疲れた心にぬいぐるみのもふもふは最高に効く。

しかし、そろそろ禁断症状《きんだんしょうじょう》が出始めていた。

「陛下、聞こえています？」

馬車はルイネス山脈の山道に入った。

ガルアド帝国側の道は整備されているので、比較的《ひかく》揺《ゆ》れは少ない。

何も聞こえないフリをして、ヴァルトは通り過ぎていく生《お》い茂《しげ》る緑と木々を眺めていたのだが。

「……ん？　この山にはクマがいるのか」

「え？　クマ、どこですの⁉」

「静かに」

悲鳴を上げるマーガレットを黙《だま》らせて、ヴァルトは窓の外を凝視《ぎょうし》する。

野生のクマではなく、クマのぬいぐるみがヴァルトに向かって手を振っていた。

木の幹からひょっこりと顔を出したり、葉っぱを頭にのせて遊んでいたり、木登りをしていたり。

いろんなクマのぬいぐるみがいた。

（今すぐに馬車を降りて抱きしめたい……！）

ヴァルトはにやけそうになる口元を咄嗟に押さえる。

本気で馬車を降りようかと思った時、馬車が揺れ、目を離した一瞬の間にクマのぬいぐるみの姿は消えていた。

冷静に考えれば、山の中にぬいぐるみがいるはずがないし、ルーは唯一無二《ゆいいつむに》の存在だ。

自分は、幻覚《げんかく》を見るほどにぬいぐるみに飢《う》えている。

このままではまずい。ヴァルトは慌てて窓のカーテンを閉めた。

「クマが出るなんて、恐ろしいですわ……！」

「安心しろ。もうクマはいない……」

「よかったですわ。もし私が襲われそうになったら、陛下が助けてくださいね？」

「……あぁ」

あんなにも可愛い存在が人を癒すことはあっても襲うことはない。

むしろクマのぬいぐるみの方を助けたい。

ヴァルトが現実逃避《とうひ》をしていると、マーガレットがカーテンをちらりとめくって外を確認する。

「やっぱり、ここはルイネス山脈ですよね？」

マーガレットの顔から笑みが消える。

ルイネス山脈を越えた先にあるのは、ルビクス王国だけだ。

「もしかして、私をルビクス王国に帰すつもりなの？　新婚旅行だというのは嘘だったのね！　私がガルアド帝国の皇妃になるのよ！」

これ以上目的地を誤魔化すこともできないだろう。

今ここでマーガレットの機嫌を損ねては王城へ入り込めない。

そのため、ヴァルトはグランのシナリオにあった最も言いたくない台詞を口にする。

「確かに目的地はルビクス王国だが、あなたは皇妃になるんだろう？　今回の人質交換の件は急だったし、正式な手続きを踏《ふ》んでいない。ガルアド帝国内のことであれば私が準備を進めることができるが、あなたはルビクス王国の大切な第一王女だ。まずはルビクス王に結婚の挨拶《あいさつ》をしておかなければと思ってな」

マーガレットを皇妃にすることを前向きに考え、大切にしていると思わせること。

自分の口から出る言葉すべてに嫌気がさして、どんどん口が乾《かわ》いていく。

しかし、元々表情豊かではないため、ヴァルトがどれだけ心にもないことを口にしていようと、幸い顔が歪《ゆが》むことはなかった。

おかげで、自分のためにそこまで深刻に心を砕《くだ》いてくれていたのかとマーガレットは感激しているようだった。

「まあ！　別に挨拶なんて必要ありませんのに！」

「礼儀《れいぎ》は通しておかなければいけないと思っている」

「それだけ本気で私を皇妃にしたいということですね！　ふふ、それなら仕方ありませんわね」


鉛のように重くなるヴァルトの心とは逆に、マーガレットの表情は明るくなった。

うまく勘違いしてくれたのならそれでいい。

これもフェルリナを迎えに行くため。

そう言い聞かせて、ヴァルトはマーガレットの言葉に頷いた。

(私が皇妃に望むのはフェルリナだけだ)

本心とは真逆の行動をするのはこんなにも胸が苦しく、痛いものなのか。

こんな茶番はさっさと終わりにしたい。

「挨拶の日に備えて、今日と明日はしっかり休んでおこう」

食事を終え、そう言えばさすがにマーガレットも誘惑《ゆうわく》してこなかった。

先日の拒絶《きょぜつ》が抑止《よくし》力になったのかもしれない。

(フェルリナ、ようやく君を迎えに行ける)

ついにルビクス王国内に入った。

そして、マーガレットに気づかれることなく、ヴァルトたちは最後の宿泊地に到着した。

作戦の決行は明日だ。

マーガレット以外の者にはピリピリとした緊張が走っていた。

「陛下、城が見えてきましたわ！」

マーガレットの視線の先には、優美なルビクス王城があった。

城塞《じょうさい》都市としての機能を持つガルアド帝国の城とは違い、美しさを追求した白亜《はくあ》の城は魔法の始まりの国に相応しい幻想《げんそう》的な雰囲気《ふんいき》を持っている。

美しいのにどこか恐ろしく、近寄りがたい。

ヴァルトがこの城に来るのは約二年ぶりだ。

秘密主義のルビクス王国が他国に城門を開くことは滅多《めった》にないが、和平条約を結ぶ時に一度だけ訪《おとず》れたことがあった。

「通行証はお持ちですか？」

固く閉ざされた城門で、門番の騎士が馬車を止めた。

「私にも通行証を出せというの？」

しかし、マーガレットが窓から顔を出せば、ハッとしたように門番は頭を下げる。

「マーガレット王女殿下！　これは大変失礼いたしました」

「ガルアド帝国の皇帝が私をどうしても皇妃に迎えたいからとご挨拶に来てくださったのよ。さっさと門を開けて」

「はっ！」

マーガレットが同行しているおかげで、すんなりと門は開かれた。

この時のために、ヴァルトは不本意ながらもマーガレットに合わせていたのだ。

ヴァルトが結婚の挨拶に来たのだと信じているマーガレットは、目の前で上機嫌《じょうきげん》に笑っている。

「お父様とお母様、きっと驚くでしょうね」

「あぁ、そうだな」

フェルリナを連れ戻し、マーガレットを送り返すためにヴァルトがここまで来たことに驚くだろう。

馬車が停車した瞬間《しゅんかん》、ヴァルトは素早《すばや》く外に出て周囲を確認する。

グランが合図を送り、護衛騎士たちはヴァルトに付き従うように動いた。

（離宮《りきゅう》へ行くには、宮殿《きゅうでん》を通り過ぎ、海側へ進めばいい……）

以前、フェルリナの身辺調査をグランに頼《たの》んだ際、城仕えの者から得た情報から大雑把《おおざっぱ》な城内の地図を作成していた。

主となる宮殿が敷地《しきち》内の広大な面積を占《し》めており、離宮は海を背にした崖《がけ》っぷちの空いたスペースに建てられているという。

それというのも、本来は王族が罪を犯《おか》した際に幽閉《ゆうへい》するための塔《とう》であり、けっして王女を住まわせるような場所ではないからだ。

そんな場所で幼い頃から過ごしていたフェルリナのことを思うと、胸が締《し》め付けられる。

一刻も早く連れ出したい。

「陛下、そう慌てなくても大丈夫ですわ。さぁ、私をエスコートしてくださいな？」

後ろから、マーガレットの声が聞こえた。

ヴァルトは振り返り、マーガレットに絶対零度《れいど》の眼差しを向ける。

「すまないな。私がエスコートするのは、愛する皇妃だけだ」

「な、何をおっしゃっているの？　私が皇妃ではありませんか……」

マーガレットの笑顔がひきつる。

「私は皇妃フェルリナを迎えに来たんだ。フェルリナ以外を妻にするつもりは一切《いっさい》ない」

「な、な、なんですって……？　もしかして、この私を、騙したの？　あり得ない……あんな無能よりも私の方が美しいし、よほど皇妃に相応しいじゃない！　私があの子に劣るとでもいうの!?」

「あぁそうだ。あなたには何の魅力も感じない」

冷たくそう言い捨てれば、マーガレットはエメラルドの瞳を大きく見開いてわなわなと震《ふる》えていた。

仮にも王女になんてことを……と背後でグランが頭を抱《かか》えていたが、知ったことではない。

和平の関係を崩《くず》すような問題を起こしたのはルビクス王国の方だ。

「マーガレット王女はお疲れのようだ。馬車でしばらく休んでいてもらおう」

余計な騒《さわ》ぎを起こさないよう、騎士にマーガレットの見張りを頼む。

その時——。

「我が妹の何が気に入らない？」

主殿《しゅでん》の玄関《げんかん》ホールの扉が開き、ルビクス王国第一王子ロイスが現れた。

「何もかもだ」

ヴァルトが吐き捨てるように言うと、兄の姿を見つけたマーガレットが「お兄様！」と助けを求めるように駆け出した。

「私、騙されて、利用されたんですのよ！　それに、暴言まで吐かれて……とても傷つきました。あんな子よりも私の方が何もかも優《すぐ》れているのに、それを理解もせずあの方は酷《ひど》いことばかり……」

やっぱり冷酷皇帝の噂は本当だった、と大袈裟《おおげさ》に嘆《なげ》いてみせる。

自分だけが被害者《ひがいしゃ》であるかのようなマーガレットの口ぶりに、ヴァルトは怒りを通り越して呆《あき》れた。

「マーガレット、可哀想に。可愛い妹を邪険《じゃけん》にされたとあっては、私も黙ってはいられない。ヴァルト陛下、これは一体どういうことか説明してもらおう」

「そちらに勝手に連れて行かれた私の皇妃を迎えに来ただけだ」

「何の役にも立たない我が国の汚点《おてん》のために、ガルアド帝国の皇帝自らが城に乗り込んできたと……？」

「これ以上お前と話している時間はない」

ロイスがここに来たのは、ヴァルトを足止めするためだろう。

今こうしている間にも、フェルリナに危険が及《およ》ぶかもしれない。

「行くぞ」

ヴァルトは、強行突破《とっぱ》することを決めた。

「待て！　謁見《えっけん》の間で父上がお待ちだ」

「では、フェルリナを取り戻した後に向かうと伝えてくれ」

駆け出すヴァルトの後ろから、グランと騎士がついてくる。

しかし、続く言葉でヴァルトは動きを止めた。

「そこにフェルリナも呼んでいる。行き違いになってもいいなら、そのまま行けばいい」

「本当だな？　もし嘘だったら、容赦《ようしゃ》はしない」

剣《けん》の柄《つか》に手をかけて威圧《いあつ》すれば、ロイスは一瞬ひるみながらも頷いた。

もし本当にフェルリナが謁見の間へ行くのであれば、離宮に向かっても会えない。

と同時に、ロイスの言葉がヴァルトを誘い出すための嘘であることも否《いな》めない。

「グラン。お前は離宮に向かってくれ」

「承知しました――ヴァルト、今のお前は冷静じゃない。妃殿下のためにも無茶だけはするなよ」

親友としての忠告をヴァルトに残して、グランは数名の騎士と共に離宮の方角へと向かった。

（冷静ではない、か。確かにな）

フェルリナが目の前で消えてしまったあの時から、自分は冷静ではない。

愛する人を奪われて、冷静でいられる者がどれだけいるだろう。

だが、ヴァルトは皇帝だ。個人的な怒りだけで動くことはできない立場。

逆に、皇帝という立場だからこそ、できることもある。

グランの忠告で、ヴァルトは少しだけ冷静さを取り戻すことができた。

自分が皇帝として、何をすべきなのか。


ロイスの案内で謁見の間へと向かう。

マーガレットはヴァルトに怯えてついてこなかった。

重厚《じゅうこう》な樫《かし》の扉が開き、赤い絨毯《じゅうたん》が敷《し》かれた謁見の間へと通される。

玉座に座っているのは、金の髪と紫《むらさき》の瞳を持つ、ルビクス王国国王――ジオルド＝ルビクス。

ジオルドの背後に騎士が二人立っているだけで、他に人はいない。

「フェルリナはどこだ？　やはり嘘だったのか？」

ギロリと殺気を込めてロイスを睨めば、彼は慌てて口を開いた。

「ま、まだ来ていないだけだ！　そもそも、そちらが前触《まえぶ》れもなく突然来たんだろう！」

とりあえずは、ロイスの主張を信じることにした。

ヴァルトも皇帝として、ルビクス国王には話があったから。

スタスタと玉座まで歩き、ヴァルトはジオルドを見上げて言った。

「今回の皇妃誘拐《ゆうかい》に関して、我が国は強く抗議《こうぎ》する」

「ほう。ガルアド帝国の皇帝は、何か勘違いをされているようだ。私の娘《むすめ》は里帰りをしていただけだろう。それを誘拐だなどと大袈裟なのでは？」

ため息まじりに、ジオルドはヴァルトの主張を否定した。

（和平条約の締結《ていけつ》以来だが、この男は変わらないな）

〝古の遺品〟以外のことにはまるで興味がないような態度をとる。

娘の状況も、問題の大きさも、ルビクス王は理解していないのかもしれない。

今回の誘拐の首謀者《しゅぼうしゃ》は王妃ヴィエラだ。

人質交換の打診《だしん》については国王も知っていたはずで、国璽《こくじ》も捺《お》している。

王妃の独断だったにせよ、止められなかった国王に責任はある。

「転移の魔法を使い、彼女の意思とは関係なく連れ戻しておいて、里帰りなどとよく言えたものだな」

フェルリナを奪われた時から、いや、彼女のルビクス王国での処遇《しょぐう》を聞いた時からこうなる気はしていた。

(すまない、フェルリナ)

優しい彼女は平和を望むだろうが、ヴァルトは白《しら》を切ろうとするジオルドも、フェルリナを奪った王妃のことも許せる気がしない。

ガルアド帝国の皇帝としても、皇妃を害されて黙っていられるはずがなかった。

皇妃に手を出すということは、ガルアド帝国に牙《きば》をむくということだ。

「これまで和平の道を模索《もさく》してきたが、もう我慢の限界だ。今回の件は紛《まぎ》れもなく和平条約違反《いはん》にあたる。ルビクス王国には、我が国への正式な謝罪と賠償《ばいしょう》金を要求する」

「そんな要求のめるわけ……っ」

ロイスが口を挟んできたが、ヴァルトは無視して言葉を続ける。

こちらの意思はずっと伝えていたはずだ。

人質交換には応じないことも、交易ルートの件も。

こうなることを選んだのは、ルビクス王国の方だ。

「この要求がのめないというのであれば、和平を結んだ同盟国ではなく、我が国の属国とすることもできるのだぞ？」

敗戦国であることを忘れたのか。

ヴァルトは腰《こし》の剣に手をかけ、ジオルドを威圧する。

場の空気は凍《こお》り付き、ガルアド帝国側の騎士でさえ息をのむ。

「ここで剣を抜くのは得策ではないと貴殿《きでん》も分かっているだろう？」

「私に剣を抜かせたくないのなら、今すぐにフェルリナの無事を確認させろ」

ヴァルトは剣の柄を握る手に力を込める。

未《いま》だにフェルリナがこの場に現れないことに、ヴァルトの焦燥《しょうそう》は増していた。

「私が実の娘に危害を加えるとでも思っているのか？」

「あぁ。この目で確かめるまでは信用できない」

実の娘をたった一人で離宮に住まわせておいてよく言えたものだ。

ルビクス王国の人間の言葉は何一つ信用できない。

ヴァルトが敵意をむき出しにした時、謁見の間の扉が開く。

「すぐに剣を抜こうとするなんて、やはり野蛮《やばん》な国は恐ろしいですわ。ねぇ、陛下？」

入ってきたのは、王妃ヴィエラだった。

元凶《げんきょう》である彼女の登場に、ヴァルトはますます警戒心を強くした——が、その隣に会いたかった愛しい存在を見つけ、何もかもどうでもよくなった。

「フェルリナっ！」

王妃の一歩後ろを控《ひか》えめに、ふらふらとおぼつかない足取りで歩いてくる。俯《うつむ》いているため、ローズピンクの髪に隠《かく》れてその顔はよく見えない。

（無事なのか……？）

ヴァルトはすぐさま駆け寄《よ》り、フェルリナを抱きしめた。

「……へ、いか」

「あぁ、私だ。約束通り、迎えに来た」

震えるフェルリナを安心させるように、ヴァルトは抱きしめる腕に力を込めた。

ようやく、この腕に取り戻したのだ。

ヴァルトはそう信じて安堵《あんど》した——ヴィエラの赤い唇《くちびる》が笑みを描《えが》いていることに気づかずに。

第6章　愛する人を守る力

「〝古《いにしえ》の遺品〟として使われているのは、装飾《そうしょく》品ばかりなのですね」

「そうですね。いつでも魔法《まほう》が使えるように、身に着ける装飾品に魔法を込めたのだとされています。いざという時に使えなければ意味がありませんからね」

本で研究されていた〝古の遺品〟は、魔法の種類によって、封《ふう》じるものを使い分けていたようだ。

日常で使えるような魔法は特にネックレスや指輪、ブローチなどの装飾品に、大掛《おおが》かりな魔法や危険な魔法は持ち運びが容易ではない調度品に込められている。

「例外はこの全身鏡くらいですね」

「転移魔法が封じられているんですよね……？」

「これは少し特殊《とくしゅ》なんです」

今日も、仕事の合間を縫《ぬ》ってシェインが離宮《りきゅう》まで足を運んでくれていた。

シェインは、フェルリナが疑問を持ったことについて、丁寧《ていねい》に教えてくれる。

「転移魔法を発動するために対《つい》となっているのは王妃《おうひ》様のネックレスです。これは、王族が争いに巻き込まれ、逃《に》げ出す時に使われたものとされています」

普段《ふだん》からネックレスを身に着け、全身鏡を避難《ひなん》場所に保管しておく。

そうすれば危機に陥《おちい》っても、転移魔法を使ってすぐに別の場所へ逃げられる。

「そういう用途《ようと》もあって、こっちの全身鏡からネックレスの方には行けないんですよ」

転移魔法とはいえ、さすがにどこでも自由に行けるわけではないらしい。

その上、一方通行だ。

「なるほど……だからあの時、こちらからは戻《もど》れないと言っていたのですね」

「ええ。残念ながら」

そう言って、シェインは肩《かた》をすくめた。

「でも、この鏡はここに置いたままでもいいのですか？」

「王妃様からの指示です。いつでも連れ戻すことができると分からせるためだと」

「そう、ですか……」

「もうフェルリナ王女はガルアド帝国《ていこく》に帰るつもりなんてないから、これは必要ないと思うんですけどね」

シェインは、魔法の知識を得てルビクス王国の役に立ちたいというフェルリナの言葉を信じている。

罪悪感で胸が痛かった。

（ごめんなさい、シェインさん）

フェルリナはルビクス王国のためではなく、ヴァルトのために魔法を学んでいる。

しかし、純粋《じゅんすい》に魔法を学ぶことが楽しいのも事実だった。

それに、魔法の勉強をしている間は、ヴァルトが側にいない寂《さび》しさを紛《まぎ》らわせることができた。

だから、シェインには感謝しているのだ。

「王妃様が持つネックレスのように、代々の国王は常に身を守るために〝古の遺品〟を身に着けています」

「それでは、お父様も……？」

「ええ。ルビクス国王にのみ受け継《つ》がれる〝古の遺品〟があるそうですから」

それがどのような魔法なのかは、当然ながら国王以外には明かされていない。

だが、魔力《まりょく》の気配を視《み》ることができるシェインは、父が身に着けている〝古の遺品〟が何なのかは知っているだろう。

「前に、魔法の発動には条件があると言っていましたが、それはどんなものなのですか？」

「〝古の遺品〟を使うには、古代ルビクス語で呪文《じゅもん》を唱える必要があります」

「古代ルビクス語？」

「フェルリナ王女が学ぶことを許されていない言語です」

「！」

シェインの言葉に、フェルリナは冷や水を浴びせられたような心地《ここち》になった。

今まで、尋《たず》ねたことは教えてくれていたから、勘違《かんちが》いしていた。

フェルリナにも、魔法を学べば〝古の遺品〟を扱《あつか》うことができるのではないか——と。

しかし、〝古の遺品〟の発動条件は、ルビクス王家であることと古代ルビクス語を扱えること。

きっと、兄姉たちは皆《みな》、古代ルビクス語を習得しているのだろう。

これが正統な王族との教養の違《ちが》い。

フェルリナにはどうやっても、〝古の遺品〟を扱うことなどできないのではないか。

ショックを隠《かく》し切れなかったフェルリナに、シェインは大丈夫《だいじょうぶ》だと笑ってみせる。

「だって、あなたは〝古の遺品〟がなくとも、魔法を使うことができるのですから。古の魔法使いたちのように」

シェインから向けられる視線が怖《こわ》くて、フェルリナは慌《あわ》てて本の挿絵《さしえ》を指して尋ねる。

「あの、どれを見ても花模様が描《えが》かれているようなのですが、どのような意味があるのでしょうか？」

「あぁ、そういえば説明できていませんでしたね。〝古の遺品〟の花模様は、魔法の使用回数を表しています」

魔法を使うと、花弁の色が変わったり、花が蕾《つぼみ》になったり、変化が起こっていくらしい。

「つまり〝古の遺品〟に封じられた魔法は無限ではないということです」

だからこそ、ルビクス王国は〝古の遺品〟を厳重に保管し、他国に渡《わた》ることを許さないのだ。

(だったら今、魔法が使える〝古の遺品《もの》〟はどれだけ残っているの……?)

すでにほとんどの魔法を使いきっていてもおかしくはないのではないだろうか。

フェルリナがそんな疑問を抱《いだ》いた時、不意に全身鏡が光を放つ。

嘘《うそ》だろ――というシェインの呟《つぶや》きが聞こえた時には、扇《おうぎ》を開いて優雅《ゆうが》に微笑《ほほえ》むヴィエラが立っていた。

「あら? シェインはここで何をしているのかしら?」

「お、王妃様……っ」

目が笑っていないヴィエラに睨《にら》まれ、シェインの顔が青ざめる。

「もしかして、この娘《むすめ》に魔法について教えていたの? 我が国の機密情報を?」

シェインは慌てて本を背に隠そうとするが、遅《おそ》かった。

開かれていたページには、〝古の遺品〟の挿絵が描かれており、言い訳のしようもない。

「様子を見に来て正解だったわ。まんまとこの娘に騙《だま》されて、我が国の機密情報を流すなんて。陛下の信頼《しんらい》を裏切るような行為《こうい》を見過ごすことなんてできないわね」

フェルリナとシェインは騎士《きし》たちに取り囲まれる。

「王妃様、聞いてください。フェルリナ王女には特別な力が」

「黙《だま》りなさい！　わたくしは言い訳など聞きたくないわ。連れて行きなさい」

ヴィエラは扇でシェインの頬《ほお》を打ち、騎士に命じた。

〝古の遺品〟管理責任者であるシェインは、かなりの高官だ。

騎士たちは戸惑《とまど》いながらも、王妃の命令に従う。

「フェルリナ王女の力は、国王陛下の助けになれるはずなんですっ！」

「シェインさん！」

無理やりシェインが連れて行かれ、フェルリナはヴィエラと対峙《たいじ》する。

ヴィエラから向けられる憎悪《ぞうお》の眼差《まなざ》しに、体は震《ふる》えているが、心は強く保てていた。

「ふ、ふふ……本当に、お前は母親にそっくりね！　シェインを誘惑《ゆうわく》して、助けてもらおうとでも思っていたのかしら？」

「誘惑なんてしていません！」

フェルリナの否定《こうてい》の言葉に、ヴィエラは嘲笑《ちょうしょう》を浮《う》かべる。

「ガルアド帝国の皇帝も可哀想《かわいそう》にねぇ。他の男を誘惑するような女のためにここまで来るなんて」

「陛下がここに……⁉」

約束通り、ヴァルトが迎《むか》えに来てくれたのだ。

フェルリナは王妃の前であるというのに、喜色《きしょく》を浮かべてしまう。

案の定、ヴィエラの怒《いか》りは増し、フェルリナは鞭《むち》で打たれる。

「お前のせいで、わたくしの可愛《かわい》い娘の未来は台無しになったのに！　よく笑えるわね！

……お前だけは、絶対に幸せになってはいけないの」

「っ……いや、です」

「わたくしに歯向かうお前がすべて悪いのよ？」

ヴィエラは仄暗《ほのぐら》い笑《え》みを浮かべ、フェルリナを無理やり全身鏡の前に立たせた。

そして、ヴィエラは呪文を唱え、全身鏡にフェルリナの姿だけを映す。

「な、なにを……っ！」

眩《まばゆ》い光が放たれ、フェルリナは咄嗟《とっさ》に目を閉じてしまう。

(でも、この全身鏡からは転移できないはずなのに……一体、何が起きているの？)

転移魔法の対となる全身鏡自体にも魔法が封じられていたのだろうか。

そのうち、だんだんと光が収まってくる。

体に大きな変化はなく、意識にも問題はない。

恐《おそ》る恐る目を開けて、フェルリナは驚愕《きょうがく》した。

ローズピンクの髪《かみ》と赤紫《あかむらさき》の瞳《ひとみ》を持つ、自分と全く同じ姿をした人間が、目の前にいたのだ。

「これは、どういう――」

「鏡に映した人物をコピーできる魔法よ。そして、このコピーはお前と違ってわたくしに従順なの。たとえどんな命令を下しても、逆らうことなんてないわ」

フェルリナに絶望を与《あた》えるため、ヴィエラは嬉《うれ》しそうに解説する。

この魔法を使って、一体何をするつもりなのか。

嫌《いや》な予感に胸が騒ぐ。

「ふふ。まさかあの男も、愛するお前に刃《やいば》を向けられるとは思ってもいないでしょうね」

「っ！」

自分とそっくりのコピーの手には、鋭《するど》い銀の刃物《はもの》が握《にぎ》られていた。

ヴィエラは、フェルリナのコピーを使ってヴァルトを害するつもりなのだ。

「王妃様が憎《にく》いのはわたしですよね？　お願いですから、陛下を傷つけないでくださ い！」

「だからこそ、よ。愛する者を奪《うば》われる絶望をお前にも味わわせてあげるわ」

行きましょう、とヴィエラはフェルリナのコピーを連れて行く。

このまま行かせてはいけない。

フェルリナはその後を追おうとするが、無常にも扉《とびら》は閉ざされ、鍵《かぎ》をかけられる。

「お願いです！　開けてください！　陛下には手を出さないで！」

どれだけの力で叩《たた》いても、叫《さけ》んでも、頑丈《がんじょう》な扉が開くことはない。

フェルリナは真っ赤になった拳《こぶし》を下ろして、地面に膝《ひざ》をつく。

（どうしよう……このままじゃ陛下が……！）

普段ならば人一倍警戒心《けいかいしん》が強いヴァルトだが、フェルリナに対しては心を許してくれている。

きっと迎えに来たヴァルトは、真っ先にフェルリナの無事を確かめようとするだろう。

現れるのが偽者《にせもの》のフェルリナだとは気づかずに――。

自分のせいで、愛する人が傷つくかもしれない。

フェルリナは恐怖《きょうふ》に青ざめる。

（いや……そんなの、絶対に駄目《だめ》！）

どうにかしてヴァルトに危険を知らせることはできないだろうか。

今のフェルリナは閉じ込められて身動きがとれない。

けれど、ぬいぐるみなら――？

マーガレットからぬいぐるみを隠さなければならない状況《じょうきょう》の今、これは賭《か》けだった。

もし、ガルアド帝国のヴァルトの私室に置かれていたら、時差が生じて危険を伝えるどころではなくなってしまう。

それでも。

（きっと、陛下はルーを連れて迎えに来てくれているはずだわ……！）

フェルリナはヴァルトのことを信じて、ぬいぐるみに憑依《ひょうい》するために意識を集中した。


目が覚めると、ぬいぐるみを抱いていたのはリジアだった。

もしかしたら、ガルアド帝国に来てしまったのだろうか。

さあっとフェルリナの血の気が引く。

だが、周囲を観察してみれば、ここは室内ではなく、馬車の中のようだ。

「リジアさん、ここはどこですか⁉」

「っ！　……妃殿下《ひでんか》？」

突然《とつぜん》腕《うで》の中のぬいぐるみが動き出して驚《おどろ》いていたものの、リジアはすぐに冷静さを取り戻した。

「ここはルビクス王国です。陛下は妃殿下を迎えに行ったはずですが、どうして妃殿下がこちらに……？」

「陛下が危険なんです！　今すぐに、わたしを陛下のもとへ連れて行ってください！」

ただならぬ状況だと瞬時《しゅんじ》に理解してくれたリジアは、すぐにぬいぐるみを抱いて馬車を出た。

馬車は城門前で足止めをくらっており、宮殿《きゅうでん》の入口にはルビクス王国の騎士が立ちはだかっている。

「陛下に至急お伝えしなければならないことがあるのです！　通してください」

リジアは宮殿への立ち入りを訴《うった》えたものの、決められたルールで生きている彼らは一介《いっかい》の侍女《じじょ》など相手にもしてくれない。

「そのぬいぐるみと一緒《いっしょ》に大人しく馬車で待っていてください」

それに、ぬいぐるみを抱いているせいで緊迫《きんぱく》感が薄《うす》れているのだ。

(どうしよう。早く陛下のもとに行かなくちゃいけないのに……！)

今の間にも、偽者のフェルリナがヴァルトに近づいているかもしれない。

ヴァルトが自分のせいで傷つくなんて絶対に嫌だった。

どうにかして宮殿内に入らなければ。

(……そういえば昔、猫《ねこ》が迷《まよ》い込んできたことがあったわ)

あの猫は一体、どこから宮殿内に入ってきたのだろうか。

もしかしたら、人間には無理でもぬいぐるみの体であれば通れる抜《ぬ》け道があるかもしれない。

ちょん、とリジアに合図を送り、一度馬車へ戻る。

「妃殿下、申し訳ございません」

馬車に戻るなり、役に立てなかったとリジアは頭を下げた。

「謝らないでください！　リジアさんは悪くありません！　それよりも、中に入る方法を思いついたので、協力してもらえませんか？」

「はい、もちろんです！」

そうして、フェルリナはリジアに手短に作戦を説明する。

作戦は簡単だ。

リジアには見張りの騎士たちの気を逸《そ》らしてもらい、その間にフェルリナはぬいぐるみ姿で宮殿に侵入《しんにゅう》する。

「この作戦、妃殿下に危険はありませんか？　私は陛下より、ルー様のことを頼《たの》むと命じられています。もし、ルー様にも何かあれば」

「心配しないでください！　ここはわたしが昔住んでいた宮殿ですし、抜け道の場所も覚えていますから大丈夫です！　それに、見つかったとしてもぬいぐるみのフリをしていれば安全です」

心配そうなリジアを説得するために、フェルリナはほんの少し嘘をついた。

（どうか、抜け道を見つけられますように……！）

抜け道が見つけられず、ルビクス王国の誰《だれ》かに見つかってしまうかもしれない。

ぬいぐるみを攻撃《こうげき》するような人間はいないだろうが、ルビクス王家の者に見つかるのは厄介《やっかい》だ。

もし、魔法の痕跡《こんせき》を感知されたら、調べられてしまうだろう。

しかし、今まさに危険な状況なのはヴァルトの方だ。

フェルリナがピンチの時は、いつもヴァルトが助けてくれた。

今度はフェルリナが助けたい。

だから、自分の安全まで考えている余裕《よゆう》はない。

「お願いです、リジアさん！」

「……分かりました。でも、絶対に無茶はしないでくださいね」

「はい。ありがとうございます」

ルビクス王国にいた時は、こんな風にフェルリナの心配をしてくれる人はいなかった。

自分を大切に思ってくれる人がいるということに胸が熱くなる。

（絶対に、陛下と一緒にガルアド帝国に帰りたい！）

そのために、行動を開始するのだ。

「いい加減にしてください！　中に入れてもらえないと困るんです！」

「しつこいですよ。無理だと言っているでしょう」

「陛下にとって必要な情報だというのにそれを拒否《きょひ》するなんて、これは国際問題になりますよ？」

「ふん。侍女ごときが偉《えら》そうに」

「私はただの侍女ではなく、皇妃《こうひ》付きの侍女です！　口の利《き》き方には注意してください」

リジアが騎士たちの気を引いているうちに、フェルリナは静かに馬車から降りる。

物陰《ものかげ》や生垣《いけがき》に隠れながら、宮殿に近づいた。

（わわっ！）

枝や葉っぱが体に引っかかったり、蜘蛛《くも》の巣《す》に捕《つか》まったりと、予想外の罠《わな》はあったものの、なんとか前へと進む。

壁伝《かべづた》いに抜け道がないかと探していると、使用人用の扉が一部欠けているのを見つけた。

（ここだわ……！）

ルビクス王国の城は、客人に見える場所は綺麗《きれい》に整えているが、使用人が出入りする扉までは修繕《しゅうぜん》していなかったのだろう。

そのおかげで侵入することができる。

近くに人の気配がないことを確認《かくにん》して、フェルリナは扉の欠損部に飛び込んだ。

ビリ、と嫌な音がしたが、中に入ることには成功した。

（……陛下とリジアさんに怒《おこ》られてしまうかも）

木の破片《はへん》が引っかかり、ぬいぐるみの横腹が少し破れてしまった。

白銀の体はすでに土埃《つちぼこり》や葉っぱで汚《よご》れ、横腹からはふわふわの綿が顔を出し、見た目はボロボロだ。

しかし、今は見た目を気にしている場合ではない。

(早く、陛下のもとへ……っ!)

フェルリナは謁見《えっけん》の間へ向けて走った。


一方、ヴァルトは無事にフェルリナと再会できたことに安堵《あんど》していた。

抱きしめる腕に力を込め、その存在を確かめる。

——陛下っ!

どこからか、自分を呼ぶ声が聞こえた気がした。

「?」

一度だけフェルリナがぬいぐるみに憑依して側に戻ってきたあの日のように、ヴァルトはその声を感じ取った。

だが、フェルリナはこの腕の中にいる。

それなのにどうして、こんなにも胸がざわつくのだろう。

「陛下、わたしとても怖かったんです！　たくさん鞭でぶたれて痛くて……っ！」

「鞭で……それは本当か？」

「うぅ……」

コクリと頷《うなず》いて、フェルリナは涙《なみだ》を流す。

愛《いと》しい彼女が自分の知らない場所で傷つけられていた。

王妃への怒りとそれを阻止《そし》できなかった自分への憤《いきどお》りで、おかしくなりそうだった。

「それに、陛下がお姉様を選んだって聞いてとてもショックで……」

「私が、君の姉を選ぶはずないだろう……？」

「……わたしには、陛下しかいないんです！」

つい先ほどまで怒りに我を忘れそうになっていたが、ヴァルトに泣いて縋《すが》るフェルリナに違和感《いわかん》を覚える。

(私の知るリィナは、こんな風に縋ってくるだろうか……)

いつも一人で抱《かか》え込んで、頑張《がんば》りすぎてしまうのがフェルリナだ。

最近はようやくヴァルトに心を開いてくれるようになったが、まだ頼《たよ》ることは苦手だった。

ぬいぐるみに憑依して戻ってきた時も、ヴァルトに心配をかけないために無事だということ以外はあまり話してくれなかった。

鞭で打たれていたことを自分から告白するような人間ではない。
むしろ、本来のフェルリナであれば隠そうとするだろう。
それに、マーガレットを皇妃にするつもりはないと彼女にははっきり伝えていた。
その言葉に安堵していたのは嘘ではなかったはずだ。
――では今、目の前にいる彼女は？
姿かたちはフェルリナそのものなのに、心が違うと叫んでいた。
ヴァルトはそっとフェルリナの体を引き離《はな》し、その赤紫の目を見て問う。
「お前は、誰だ……？」
ダークブルーの瞳に警戒が宿った瞬間《しゅんかん》、フェルリナは無表情になる。
直後、彼女は腕を振《ふ》り上げた。
きらりと反射して、その手に何かが握られていると気づく――ナイフだ。
フェルリナに刃を向けられたことの衝撃《しょうげき》で、ヴァルトはすぐには動けなかった。
「……っ！」
胸元《むなもと》に切っ先が刺《さ》さる直前、咄嗟にその細腕《ほそうで》を掴《つか》む。
しかし、尋常《じんじょう》ではない力で押され、完全に抑《おさ》え込むことができずに刃は脇腹《わきばら》をかする。
今のは、本気でヴァルトを殺すための攻撃だった。
フェルリナがヴァルトに殺意を持って刃を向けるなどあり得ない。

せっかく取り戻せたと思ったのに、また魔法に翻弄《ほんろう》されている。

「陛下には死んでもらいます」

そう言って、フェルリナはヴァルトを狙《ねら》ってナイフを振り下ろす。

フェルリナではないはずなのに、その声も、顔も、すべてが彼女にそっくりだった。

(もしフェルリナが何らかの魔法で操《あやつ》られているのだとしたら……)

その可能性がある限り、ヴァルトからは反撃《はんげき》ができない。

守りたい彼女を傷つけることなどできるわけがなかった。

「……私の皇妃に何をしたっ!」

ヴァルトはフェルリナではなく、王妃ヴィエラを睨みつけた。

「あらあら、その娘があなたの求めていた皇妃でしょう？　随分《ずいぶん》と手荒《てあら》な再会のようですけれど」

ヴィエラは、防戦一方のヴァルトを見て嘲笑《あざわら》う。

ジオルドはじっと黙って様子を見守っていた。

言いたいことは山ほどあるが、今は襲《おそ》い掛かってくるフェルリナをどうにかしなければならない。

フェルリナを助けるために協力してくれた騎士たちも、目の前の光景に戸惑っている。

「どうして妃殿下が、陛下を……？」

そして、状況が摑めない騎士たちは、皇帝であるヴァルトを助けるために剣《けん》を抜こうとした。

「だが、このままでは陛下が」

「魔法による幻覚《げんかく》かもしれない」

「しかしっ！」

「やめろ！　絶対に手を出すなよ」

「私の皇妃に剣を向けるな」

たとえ本物の彼女でなかったにせよ、フェルリナが騎士の手によって倒《たお》れる場面など見たくない。

（くっ、どうすれば……！）

このまま防ぎ続けていても、決着はつかないだろう。

ヴァルトがフェルリナを傷つけることなどできないのだから。

「フェルリナ！　正気に戻ってくれ」

再び狙いを定めるフェルリナに、ヴァルトは訴える。

ルビクス王国にいる間、彼女に一体何があったのか。

魔法が影響《えいきょう》しているのは明らかだ。

（だが、すべては私のせいだ……）

守ると誓《ちか》ったのに、一人にしてしまったから。

フェルリナはいつもヴァルトに守られてばかりだと言っていたが、彼女の存在に救われていたのはヴァルトの方だ。

フェルリナの笑顔《えがお》が、声が、存在が、彼女そのものが癒《いや》しであり、心の支えだった。

いつも待たせてばかりだったのに、文句も言わずに笑顔で待っていてくれる。

側で笑っていてくれる。

そんな彼女の優《やさ》しさに甘えていたのだ。

今回だって、フェルリナならば何があっても自分を待っていてくれると信じていた。

ルビクス王国での日々が、彼女にとって大きなトラウマがあると分かっていたのに。

皇帝としての立場を優先し、すぐに助けに来ることができなかった。

そんなヴァルトを許せなくても仕方がない。

(これが、君の答えなら――)

刃が目前に迫《せま》るが、ヴァルトは避《よ》けられなかった。

その時。

「陛下、危ない……っ!」

もふっ――と手に馴染《なじ》む癒しの感触《かんしょく》が、ヴァルトの顔面に触《ふ》れた。

視界が白銀色に染まり、ヴァルトはハッと我に返る。

「ルー⁉」

「陛下、無事ですか！　大変、血が」

「いや、君こそ――」

「わたしは痛くありませんから、大丈夫です！」

宝石の瞳をきらめかせて、ぬいぐるみが元気よく言った。

しかし、その姿はボロボロで、つい先ほどヴァルトを庇《かば》って受けた刃のせいで背中が裂《さ》けていた。

今すぐにぬいぐるみを修復したいが、それよりも先に確認しなければならないことがある。

「これはどういう状況だ？」

フェルリナはたしかにヴァルトに刃を向けていたのに、彼女の魂《たましい》が憑依したぬいぐるみも同時に存在している。

「陛下、あれは鏡の魔法でコピーされたわたしの偽者です！」

ぬいぐるみはもこもこの手でビシッとナイフを持つフェルリナを指す。

「君の体が魔法で操られているわけではないんだな？」

「はい！　わたしの体はまだ離宮に」

「それが分かれば問題ない」

ヴァルトはぬいぐるみを左腕に抱き、右手に剣を構えた。

そして、ぬいぐるみの顔を胸に押し付けて目を塞《ふさ》ぎ、自分の目も閉じる。

(偽者だとしても、彼女を斬《き》る場面は見たくない)

視界が暗闇《くらやみ》でも、気配を感じることはできる。

戦場では闇に乗じて襲ってくる敵もいた。

だからヴァルトは、どんな状況でも戦えるように訓練している。

「へ、陛下?」

不安そうな声を出すフェルリナに、ヴァルトは優しく答える。

「大丈夫だ。すぐに終わらせる」

シュっと風が動いた。

神経を研《と》ぎ澄《す》まし、ヴァルトは剣を振るう。

バリン、と鏡が割れるような音がして、そっと目を開く。

フェルリナの姿をしていたものは、鏡の破片になって砕《くだ》けていた。

「ジオルド陛下、貴国の魔法によって私が襲われたことも含《ふく》めて、改めて抗議《こうぎ》させてもらう」

ジオルドとロイスを睨みつけて、ヴァルトは踵《きびす》を返す。

ルビクス王国への責任追及《ついきゅう》は後だ。

今すぐに本物のフェルリナを助けに行かなければならない。

彼女の魂はこの腕に抱いているが、体は離宮に囚《とら》われたまま。

まだ安心はできない。

ヴァルトは離宮へと走るが、ふと気づく。

（……そういえば、王妃はどこだ）

フェルリナのコピーを倒した後、ヴィエラの姿は謁見の間から消えていた。

自らが仕掛けた魔法が失敗したことを悟《さと》ったのだとしたら――。

「フェルリナ、君の体が危ないかもしれない！」

「えっ⁉」

「今すぐ戻るんだ。私もすぐ追いかける」

――今度こそ、君をこの腕に取り戻す。

ヴァルトは「愛している」とぬいぐるみにキスを落とした。

第7章 祖国が抱える秘密

代々の王妃《おうひ》を輩出《はいしゅつ》する家門──ルキアード公爵《こうしゃく》家。

ヴィエラもまた、ルキアード家の娘《むすめ》で、王妃になるべく育てられた。

生まれた時から、ヴィエラの未来は決められていて、愛する人も国王以外には許されなかった。

（ルビクス王家は、偉大《いだい》なる魔法使《まほうつか》いの血筋を残すため、ルキアード公爵家の姫《ひめ》を大事にしてくれる──そんなまやかしを信じていた頃《ころ》が懐《なつ》かしいわね）

当時、ルビクス王家には二人の王子がいた。

第一王子ジオルドと第二王子ブライリー。

王太子に任命されたのはジオルドで、任命式の時に初めてヴィエラは未来の夫と顔を合わせた。

紳士《しんし》的で、どんな我儘《わがまま》を言っても優《やさ》しく接してくれるジオルドに、ヴィエラは恋《こい》に落ちた。

国王の義務で、王妃を無下《むげ》にできない立場故《ゆえ》の仮面だったなんて思いもせずに。

国王は王妃のみを愛し、王妃も国王しか愛してはならない。

それがルビクス王家の掟《おきて》だった。

これまでの家系図を見ても、国王の伴侶《はんりょ》は王妃ただ一人。

正式に王妃となり、第一王子ロイスが生まれた。

二人目のマーガレットが生まれる頃には、ヴィエラは〝古《いにしえ》の遺品〟の魔法を使う権利も得ていた。

しかし、いつも優しかった夫が、魔法に関してだけは厳しかった。

それだけが気に入らなかったけれど、ヴィエラの人生は順調で、とても幸せだった。

──針子のシーラが、国王の子を身ごもったと知るまでは。

シーラを見つめる愛おしそうなジオルドの眼差《まなざ》し。心からの笑顔《えがお》。心配する表情。

何もかも知らない。

十数年を共に過ごしていたのに、知らない夫がそこにいた。

まるで別人のようで、怖《こわ》くなった。

今まで見ていた夫はなんだったのか。

そういえば、愛の言葉をここ数年聞いていない。

いや、そもそも夫から愛の言葉をもらったことがあっただろうか。

ヴィエラが強請《ねだ》った時にだけ、義務のように吐《は》いていたのではなかったか。

気づきたくもない真実に、シーラのせいで気づいてしまった。

今までの幸せがすべて壊《こわ》れていく。

二人目の王女を生んだばかりで、体も辛《つら》いのに。

どうして夫はシーラの側にいるのだ。

許せない——。

けれど、生まれた時から、国王を愛するようにと育てられたヴィエラは、彼を憎《にく》むことはできなかった。

すべては、夫を誘惑《ゆうわく》して、その心を乱したシーラが悪い。

そうだ、夫は悪くない。

彼女の存在さえなければ、ヴィエラはジオルドに愛され、幸せなままでいられたのだ。

「どうして、お前は生まれてきてしまったのかしらね」

生まれてこなければいいと思っていた、裏切りの証《あかし》。

ヴィエラはその手に短剣《たんけん》を持ち、意識のないフェルリナを見下ろす。

ローズピンクの柔《やわ》らかな髪《かみ》に、愛らしい顔立ち。

憎いシーラにますます似てきて、ヴィエラの憎悪《ぞうお》は増していた。

（変なぬいぐるみに計画を邪魔《じゃま》されるなんて……）

フェルリナのコピーがヴァルトを殺し、その様子をフェルリナに見せつけ、絶望したところをいたぶる。

その計画が乱入してきたぬいぐるみのせいで失敗した。

あれは一体なんだったのか。

けれど、ヴィエラにとってはぬいぐるみがどうして動いているのかなんて、どうでもいいことだった。

ただ、計画が邪魔されたのなら、次の手を打つのみ。

そして、転移魔法を使い、ヴィエラは一足先に離宮《りきゅう》へとやってきたのだ。

「もういたぶるだけでは気が済まないわ」

どうしてこの娘ばかりが愛されるのだろう。

自分は愛されるべき夫に愛されず、幸せを奪《うば》われた。

それなのにフェルリナが幸せになるなんて、絶対に許せない。

愛娘《まなむすめ》マーガレットも無下にされ、惨《みじ》めな思いをした。

フェルリナは生きているだけで、ヴィエラを不幸にする。

それならばいっそ、殺してしまえばいい。

もっと早くそうするべきだった。

そうすれば、フェルリナがガルアド帝国《ていこく》の皇帝《こうてい》に愛されて幸せになることもなく、こんな面倒《めんどう》なことをせずとも済んだのに。

「妃殿下《ひでんか》！　ここにいますか！」

部屋の外が騒《さわ》がしくなってきた。

ガルアド帝国からの騎士《きし》がフェルリナを探しているのだ。

さっさと終わらせなければ。

ヴィエラはしゃがみ込み、フェルリナの心臓めがけてナイフを振《ふ》り下ろす。

「……きゃっ！」

しかし、直前でフェルリナは目を覚まし、躱《かわ》されてしまう。

白い細腕《ほそうで》にナイフがかすめ、赤い血が流れる。

愛する人と憎い女の血を引く娘の血が。

「あら、起きたの。大人しく殺されてくれればよかったのに」

フェルリナの血がついたナイフを手に、ヴィエラは笑《え》みを浮《う》かべる。

「ど、どうして……」

あれだけ教えてあげたのに、この娘はまだ自分が殺されそうになっている理由が分からないらしい。

プルプルと小動物のように全身を震《ふる》わせて、ヴィエラに怯《おび》えている。

「お前は生きているだけで、わたくしを不幸にするから」

「わたしが王妃様に何をしたというのですか……？」

まっすぐに自分を見つめる赤紫《あかむらさき》の瞳《ひとみ》が、夫の紫の瞳と重なった。

愛する夫の一部を確かに持って生まれてきている。

シーラを流刑《るけい》に処した時のジオルドの眼差しにそっくりだった。

(わたくしだけが、あの方の王妃なのに……どうして、どうして、いつになってもわたくしには笑いかけてくださらないの)

まるで心をどこかに置き忘れてしまったように、ジオルドの表情は冷たくなっていった。

表面上は笑っていてもあたたかみはなくて。

シーラに向けていたようなあたたかくて優しい笑みを自分にも向けてほしかっただけなのに。

「どうして、お前が、あの人と同じ目でわたくしを見ているの……？」

「……え？」

「あの人のすべてはわたくしのものなのに……わたくしだけのものなのに……っ！」

心が憎悪に支配される。

もうどうでもいい。目の前にいる憎い娘を葬《ほうむ》れるのなら。

ヴィエラは口元に笑みを浮かべ、禁忌《きんき》の魔法に手を伸《の》ばした。

一体、何が起こっているのだろう。

フェルリナは目の前の光景に言葉を失った。

ヴィエラが呪文《じゅもん》を唱え、全身鏡に触《ふ》れた途端《とたん》、鏡の中からヴィエラと同じ姿をしたコピーが次々と現れたのだ。

『生まれてこなければよかったのに』

『お前の存在は他人を不幸にする』

『なんて醜《みにく》く卑《いや》しい娘だろう』

『大人しく死んでくれないかしら』

鏡が映し、具現化したヴィエラたちは、フェルリナに迫《せま》り、呪詛《じゅそ》を吐き続けている。

殺されるかもしれないという恐怖《きょうふ》で足が震えた。

「いや、来ないで……！」

ヴィエラのコピーに囲まれて、逃《に》げるように後ずされば、窓際《まどぎわ》に追い詰《つ》められていた。

鉄格子《てつごうし》があったはずの窓は何故《なぜ》か開いていて、潮風がローズピンクの髪を揺《ゆ》らす。

「お前がいなくなれば、すべてがうまくいくの。みんなが幸せになれるのよ」

にっこりと本物のヴィエラが笑みを浮かべる。

もうずっとフェルリナの心は毒に侵《おか》されていた。

ヴィエラが不幸になったのも、母を喪《うしな》ったのも、フェルリナが生まれたせい。

すべてはフェルリナのせいなのだから、他人を不幸にした償《つぐな》いをしなければならない。

そう言い聞かされているうちに、少しずつ毒は全身に回って反発する心は鈍《にぶ》くなっていく。

逆らう気力すらなくなって、ただ従うだけ。

自分の感情を殺して生きていた方が楽だったから。

フェルリナさえ我慢《がまん》していれば嵐《あらし》は過ぎ去っていく。

(わたしはずっと、王妃様と向き合うことから逃げていた……)

でも、今は違《ちが》う。

「……わたしが死んだら、本当に幸せになれると思っているのですか？」

「ええ、そうよ」

「母がわたしを生んだ事実を変えられるわけでもないのに？」

「黙《だま》りなさいっ！」

ヴィエラが叫《さけ》ぶと、偽者《にせもの》たちはフェルリナの首を絞《し》め、手足を摑《つか》み、窓の外へ投げ出そうとする。

眼下には青い海が広がっていた。

(死にたくない……っ!)

フェルリナは手足を動かして暴れ、必死に抵抗《ていこう》する。

ヴァルトに会いたいという強い想《おも》いが、フェルリナを奮い立たせていた。

「わたし、は……わたしだって、幸せになりたいんです……っ!」

フェルリナの叫びに、ヴィエラの動きが止まった。

そして、声を出して笑い始める。

「ふはは、あぁおかしい。自分が皇帝に愛されているなんて自惚《うぬぼ》れていられるのは今のうちだけよ? お前に飽《あ》きたら、皇帝はすぐに別の女を愛するようになるわ」

コピーたちの動きも止まった一瞬《いっしゅん》のうちに、フェルリナは窓から離《はな》れようと一歩足を出す。

しかし、再びヴィエラのコピーたちに阻《はば》まれる。

どうすれば逃げられるのか。それればかりを考えていた。

「お前なら分かるでしょう? お前の母親はそうやってわたくしからあの人を奪ったのだから」

「!」

ヴィエラの言葉に、フェルリナの心臓はどくんとはねる。

それはずっと、心の内に巣食っていた不安だった。

（もし、わたしが王妃様の立場だったら……）

ヴァルトが他の女性を愛してしまったら。

自分は耐《た》えられるのだろうか。

今はフェルリナを愛してくれているけれど、この先の未来もずっとその愛情が続くかは分からないのだ。

「でも、今ここで死ねば、お前は愛された記憶《きおく》だけを持って死ねるのよ」

ヴァルトに愛されている幸せな記憶を持ったまま。

裏切られる悲しみも憎しみも知らぬまま。

「わたくしはお前のことを思って言っているのよ」

ヴィエラの呪詛に心をのまれそうになった時、ガシャン！　と大きな音がした。

「フェルリナ！」

ぬいぐるみを抱《だ》いたヴァルトが自分の名を呼んで駆《か》け寄《よ》ってくる。

阻むヴィエラの偽者たちを突《つ》き飛ばし、フェルリナの体を抱き寄せた。

（あぁ、ヴァルト様のぬくもりだわ……）

ぎゅうっと強く抱きしめられ、フェルリナの目からは涙《なみだ》がこぼれる。

存在を確かめ合うような抱擁《ほうよう》に、胸が熱くなった。

ここにいる。大好きな人が側にいてくれる。

息づかい、鼓動《こどう》、ぬくもり、全身で、ヴァルトを感じられる。

今まで何度も伝えてくれた、愛情も。

「陛下……！」

この腕《うで》の中にようやく帰ってきたのだ。

そう安堵《あんど》すれば、フェルリナの胸を支配していた不安は消えていた。

抱擁している間に、ガルアド帝国の騎士たちも乗り込んできて、ヴィエラの偽者たちを壊していく。

偽者たちは、フェルリナのコピーと同様に鏡の破片《はへん》となって床《ゆか》に散らばる。

「リィナ。待たせて悪かった。もう二度と離しはしない」

フェルリナは何度も頷《うなず》き、ヴァルトの体に腕を回す。

しかし、そこに傷があることを思い出し、ハッとした。

「陛下、傷は……？」

「かすり傷だ。心配しなくていい。それよりも――」

ヴァルトはギロリと王妃を睨《にら》む。

鏡で生み出したコピーも失い、一人になったヴィエラを騎士が取り囲み、追い詰めていた。

「私の皇妃《こうひ》に手を出したこと、絶対に許さない」

皇帝に危害を加えようとしただけでなく、皇妃までをも殺そうとしていたのだ。

騎士たちは剣《けん》を構え、王妃ににじり寄る。

「……どうしていつもお前ばかりが守られるの！」

ヴィエラは憤《いきどお》り、足下《あしもと》の鏡の破片を手に取った。

破片を握《にぎ》り込む手からは血が流れるが、何かおかしい。

その破片がまるで血を吸ったように赤く染まっているのだ。

（待って、あの破片は、全身鏡のコピーが壊れたもの。ということは……）

ハッとして、フェルリナは〝古の遺品〟である全身鏡を見る。

傷一つない手を自ら傷つけ、〝古の遺品〟である全身鏡に血を吸わせる。

ちらりと見えた鏡に描《えが》かれた花弁の数は一つ。

（残り回数はあと一回……でも、直接血を与《あた》えるなんて――）

何が起きるか分からない。

じわじわと血を吸う破片に連動して、黒く染まっていく全身鏡にフェルリナは恐怖を覚えた。

「陛下、ここは危険です……きゃあっ！」

部屋から出るよりも、鏡の魔法が発動する方が早かった。

鏡の内側から、刃物《はもの》のように鋭《するど》い破片が無数に飛び出してくる。

「その不幸を呼ぶ娘を守ろうとする者など皆《みな》、死んでしまえばいいのよ！」

鏡に映された部屋中に散らばる破片がコピーされて増殖《ぞうしょく》し、グランや騎士たちを襲《おそ》う。

剣を構えて防ぐが、猛攻《もうこう》は続く。

ヴァルトとフェルリナの方にも、鋭い破片が迫る。

「くっ！」

フェルリナを抱きしめ、庇《かば》いながらヴァルトは長剣《ちょうけん》で弾《はじ》いていく。

いくら弾いても増え続ける破片は、弾いても弾いても襲ってくる。

破片が出口を取り巻いているせいで、部屋から出ることもできない。

やられるのも時間の問題だ。

しかし、それらの破片は発動したヴィエラへも飛んでいた。

「――あはははは」

ヴィエラの高笑いが響《ひび》く。

自身が破片で傷つけられようとも、全く気にしていないようだった。

（このままじゃみんな死んじゃう……どうにかして王妃様を止めなくちゃ！）

フェルリナはヴィエラの気を引こうとヴァルトの腕から抜《ぬ》け出す。

「王妃様！　もうやめてください！　こんなことをして、何の意味があるのですか⁉」

「ふ、ふふ、どれだけ喚《わめ》いたところでお前たちはみんなここで死ぬの」

破片は黒い魔法をまとい、おぞましい気配が満ちていた。

「リィナ！」

ヴァルトはフェルリナを庇うように抱きかかえ、自身の体を盾《たて》にする。

どうやっても止められない。

そう、諦《あきら》めかけた時——。

「《消失》」

嵐のように室内を襲っていた魔法が、一瞬で消えた。

声の主を探せば、部屋の入口にジオルドが立っていた。

その後ろには、騎士に連れて行かれたシェインもいる。

（今のは、お父様が……？）

この場を制したジオルドは、ゆっくりと王妃のもとへと歩いて行く。

「へ、陛下……どうして、止めたのですか？」

勝ち誇《ほこ》ったように笑みを浮かべていたヴィエラが、ジオルドの登場で初めて動揺《どうよう》を見せた。

「王妃、そなたは貴重な〝古の遺品〟を私欲のために持ち出した上、これだけの騒ぎを起こした。もう庇いきることはできない」

これまで、国王が王妃の行動に対して公《おおやけ》に咎《とが》めたことは一度もなかった。

それは代々王家を支えてきたルキアード公爵家への体面のためでもあったし、王妃以外の女性との子をもうけたことへの罪悪感からでもあった。

「な、何を言っていますの？　この娘がすべて悪いのですよ？」

淡々《たんたん》と話すジオルドに、ヴィエラは甘えたような声を出す。

王妃である自分が処罰《しょばつ》されることなどないと高を括《くく》っていたのだろう。

ジオルドは深い息を吐き、王妃に告げた。

「王妃ヴィエラ、そなたをこの塔《とう》へ幽閉《ゆうへい》する」

国王の言葉を聞いて、みるみるうちにヴィエラの顔が青ざめていく。

「っな、なんですって！　わたくしを、この娘と同じ目に遭《あ》わせるというのですか？」

あり得ない。絶対に受け入れられない。

ヴィエラは蜂蜜《はちみつ》色の髪を振り乱し、何度も首を横に振る。

しかし、ジオルドは聞く耳を持たなかった。

「これは決定事項《じこう》だ。そなたは我が国の禁忌をも犯《おか》したのだ。本来であれば死罪だが、王妃という立場故に幽閉とする」

「でも、陛下……すべてはあの娘が無能なせいで、わたくしはこの国を思って——」

「フェルリナは特別な存在だ」

ジオルドの言葉に衝撃《しょうげき》を受けたのは、王妃だけではなかった。

フェルリナも、まさか自分に無関心な父から「特別」だという言葉をもらえるとは思っていなかった。

「な、何を今さら……正統な血を引いていないあの娘は、何の役にも立たない王女のはずでしょう？」

ヴィエラが強張《こわば》った笑みでジオルドに問う。

それに答えたのは、シェインだった。

「フェルリナ王女は〝古の遺品〟がなくとも魔法が使える稀有《けう》な存在であることが分かっています。まだ、どんな魔法かは分かりませんが」

「そんな、あり得ない。何かの間違《まちが》いでしょう……どうして、だったら、わたくしの子どもたちにだって！」

ロイス、マーガレット、マリベル――三人も子がいるのだ。

フェルリナに力があるのなら、自分の子にも特別な力があるはずだ。

そう期待を込めてヴィエラはシェインを見つめるが、彼は首を横に振る。

「いいえ。王子王女共に魔法の痕跡《こんせき》を視《み》たことはありません」

「嘘《うそ》よ、この男は嘘を言っているわ！　ねぇ、陛下！　わたくしたちの子があんな娘よりも劣《おと》っているなんて、あり得ないわ！」

「ヴィエラ、王妃という肩書《かたがき》は君には重かったようだ」

「い、嫌《いや》よ、陛下。お願い。わたくしは――」

「そなたの王妃の地位をはく奪《だつ》する」

ジオルドの言葉に、ヴィエラは絶望に打ちのめされる。

破片を受けたせいでボロボロのドレスと、乱れた髪。

いつも美しく完璧《かんぺき》に着飾《きかざ》っていた王妃の姿は影《かげ》も形もない。

魔法を使った反動なのか、見た目以上にヴィエラは弱っているように見えた。

「どうして、わたくしがこんな目に……」

フラフラと足もとがおぼつかない様子で、ヴィエラは国王から離れていく。

「……そうよ、全部、お前のせいだわ」

力なくさ迷っていたヴィエラの瞳が、フェルリナを捉《とら》えた。

その瞬間《しゅんかん》、ヴィエラの中でフェルリナへの憎悪が燃え上がる。

そんなヴィエラから庇うように、ヴァルトが前に出る。

「わたくしは、すべてを奪ったお前を絶対に許さない」

真っ赤な唇《くちびる》に笑みを浮かべ、ヴィエラは窓枠《まどわく》に手をかける。

そこはつい先ほどフェルリナが突き落とされそうになった、階下に海を望む窓だった。

「地獄《じごく》の底からでも呪《のろ》ってやるわ」

王妃はフェルリナに呪詛を吐いた直後、窓から身を投げた。

「――王妃様っ！」

咄嗟《とっさ》に助けようと手を伸ばすが、フェルリナの手は王妃に届かない。

窓から身を乗り出す勢いで下を覗《のぞ》き込むフェルリナの体を、ヴァルトが後ろから支えた。

「危ない！　君まで落ちてしまうぞ」

「でも、王妃様が……っ！」

すでに海に飲み込まれたのか、どれだけ目を凝《こ》らしても王妃の姿は確認《かくにん》できなかった。

ジオルドは自国の騎士にヴィエラが落ちたとされる周辺の捜索《そうさく》を命じたが、生きて戻《もど》ってくることは絶望的だろう。

（うそ……王妃様が……）

ヴィエラにはこれまで酷《ひど》い目に遭わされてきたけれど、こんな最期《さいご》を望んではいなかったのに。

「わ、わたしのせいで――」

「君のせいではない」

「でも、でも……っ」

泣き崩《くず》れるフェルリナをヴァルトがなだめるように抱きしめた。

傷だらけの体と、泣き腫《は》らした目。

ベッドに横たわるフェルリナの痛々しい姿に、ヴァルトは憤りを感じる。

「リィナ……すまない」

その華奢《きゃしゃ》な手を握り、ヴァルトは何度目か分からない謝罪を口にした。

あの後、フェルリナは意識を失って倒《たお》れてしまったのだ。

そして邪魔者がいなくなり冷静に彼女の状態を確かめると、破片で負った傷よりも古い、鞭《むち》で打たれた傷跡《きずあと》を複数見つけたのだった。

(もっと早く駆けつけていれば……)

悔《くや》しさにぐっと歯を噛《か》みしめる。

ぬいぐるみもあちこち破けてボロボロだった。

「へ、いか……?」

ピクリと動いたのは、腕の中のぬいぐるみだった。

自分と同じダークブルーの瞳で見上げられる。

「よかった。目が覚めて」

このまま目が覚めなければと嫌な想像ばかりして、生きた心地《ここち》がしなかった。

ヴァルトは安堵の息を吐く。

「ここは？　ガルアド帝国に戻ってきたのですか？」

「いや、ルビクス王国の城だ。リィナが倒れてしまったから、一泊《いっぱく》することにしたんだ。人質交換《ひとじちこうかん》と交易に関する協議も再度行う必要があるしな」

ヴァルトは心配いらないというように、ぬいぐるみの頭を撫《な》でる。

一刻も早くフェルリナをルビクス王国から連れ出したかったが、意識を失った傷だらけの彼女に長距離《ちょうきょり》の馬車移動は難しい。

傷の治療《ちりょう》のためにも、休息は必要だった。

不本意ながら、ルビクス王ジオルドに客間を手配してもらい、休んでいるところだ。

ヴァルトは一晩中フェルリナとぬいぐるみに付き添《そ》い、目が覚めるのを待っていた。

そして夜が明けた今、ようやく目覚めたのだ。

ルビクス王国に滞在《たいざい》している間に、今回の件の片《かた》を付けようとヴァルトは考えている。

ジオルドからも、正式な会合の場を設けたいという申し出があった。

王妃がしでかした様々な件も含《ふく》め、対応を協議することになるだろう。

「ジオルド陛下との会合が終わり次第《しだい》、ルビクス王国を出立《しゅったつ》するから、リィナは今の内にゆっくり休んでくれ」

「え、それなら、わたしも！　……って、あれ？」

「どうした？」

「戻れない、みたいです」

最近では憑依《ひょうい》の魔法をコントロールできるようになっていたのに。

戸惑《とまど》うフェルリナに、ヴァルトは努めて優しく声をかける。

「君にとって、辛いことが立て続けに起こったんだ。精神的に不安定になっていても仕方がない。だから、今は無理せず回復することを第一に考えてほしい」

無理やりルビクス王国に転移させられ、王妃ヴィエラからの酷い仕打ち。

過去のトラウマが強く残る離宮で孤独《こどく》に耐え、ヴァルトを待っていた。

ヴァルトを救うために無茶もした。

その上、王妃はフェルリナに呪詛を吐いて自ら海に身を投げた。

体だけでなく、心にもどれだけの負担がかかっているだろう。

憑依の魔法には、フェルリナの心が強く影響《えいきょう》する。

コントロールできないほどに今は心が疲弊《ひへい》しているのだ。

「でも……！」

フェルリナが声を上げたのと、部屋にノックの音が響くのが同時だった。

「もうすぐ会合の時間だぞ～……って、妃殿下、目覚めたんですね！」

入ってきたのはグランだった。

「よかったです。でも、ぬいぐるみの方なんですね」

「グラン様……ご心配をおかけしてすみません」

「オレのことは気にせず、妃殿下は療養《りょうよう》に専念してください」

グランはにこっと笑みを浮かべる。

目覚めないフェルリナを心配していたのはヴァルトだけではないのだ。

「ありがとうございます……」

ぬいぐるみの丸い頭が深々と下げられた。

バランスを崩さないよう、ヴァルトはしっかりと支えておく。

「グラン、会合の間、彼女を一人にはできない。ロコット男爵令嬢《だんしゃくれいじょう》を呼んできてくれるか」

「分かった」

会合の間、フェルリナを側で見守る人間が必要だ。

ヴァルトはフェルリナにこれ以上負担をかけたくない。

しかし、腕の中のぬいぐるみは「嫌です！」とヴァルトにしがみつく。

「わたしにも関係があることなのに、ただ待っているのは嫌です。この姿でも一緒《いっしょ》に連れて行ってもらえませんか？」

真剣《しんけん》な眼差しで訴《うった》えてくるぬいぐるみに、ヴァルトはうっと胸を押さえる。

フェルリナがルビクス王国と向き合おうというのなら力になりたい。

「……分かった。ジオルド陛下にはすでに動くぬいぐるみは見られているし、変に隠《かく》し立てするよりも堂々と一緒に行くとしよう」

「ありがとうございます！」

「だが、こんなに可愛《かわい》い存在がいると知られてはまた誘拐《ゆうかい》されかねん。ぬいぐるみのフリは続けてくれ」

「はいっ！」

完全に個人的主観からのお願いであったが、フェルリナは素直《すなお》に頷いてくれた。


ルビクス王国王城――謁見《えっけん》の間。

ヴァルトと共にやってきたフェルリナは、内心ドキドキしていた。

「皇帝陛下、そのぬいぐるみは……？　もしかしてフェルリナ王女と何か関係が？」

室内に入るなり、待ち構えていたシェインが目を見開く。

モノクル越《ご》しに見つめられ、フェルリナは緊張《きんちょう》する。

まさかシェインが会合の場にいるとは思わなかった。

（うぅ、やっぱりやめておけばよかった……？）

ルビクス王国の王女として、自分も知るべきことだと思ったから、ヴァルトにお願いしたのだ。

ヴァルトとまた離れるのが不安で、怖かったというのも大きい。

しかし、謁見の間にたどり着くまでに通り過ぎていく人たちの反応を見てやらかしたと気づいた。

ガルアド帝国では、ヴァルトがぬいぐるみを抱く風景が日常と化していたから忘れていた。

怜悧《れいり》な美貌《びぼう》を持つ皇帝と、彼と同じ色を持つ可愛いクマのぬいぐるみの組み合わせが異質だということを。

慣れって怖い！

しかも、外交問題を解決するための場にぬいぐるみを抱いて現れたのだ。

シェインが驚《おどろ》くのも無理はない。

それに、彼には魔法の気配が視えるのだ。

ぬいぐるみがどう視えているのだろう。

フェルリナの緊張と不安を感じ取ったのか、シェインの視線から庇いながらヴァルトは口を開く。

「貴様には関係のないことだ」

フェルリナの口からシェインの名が度々《たびたび》出たことで、ヴァルトは嫉妬《しっと》心を剝《む》き出しに睨みつける。

そんなことには気づかずに、フェルリナは見破られないかとヒヤヒヤだった。

そして、ヴァルトはクマのぬいぐるみを抱いたまま椅子《いす》に座った。

大事に扱《あつか》ってくれるのは嬉《うれ》しいのだが。

(陛下、隣《となり》に椅子がありますけれど……?)

さすがに交渉《こうしょう》の場ではぬいぐるみを横に置いておくだろうと思っていたのだが。

当たり前のように膝《ひざ》の上で抱かれ、嬉しいやら恥《は》ずかしいやらでじっとしているのが大変だった。

いつもはヴァルトを止めてくれるグランも、何も言わずに後ろに控《ひか》えている。

フェルリナの不在はヴァルトだけでなく、他の者たちにとっても影響が大きかったことを本人だけが気づいていなかった。

「フェルリナ王女の魔力《まりょく》を宿すぬいぐるみ……何か秘密がありそうですね」

探《さぐ》るような眼差しを向けてくるシェインをヴァルトが睨みつけていると、ジオルドが入ってきた。

シェインも黙って壁際《かべぎわ》に控え、その場は静まり返る。

「まずは此度《こたび》の件、全面的にルビクス王国に非がある。申し訳なかった」

ジオルドは席につくなりヴァルトに頭を下げ、謝罪した。

(お父様……)

フェルリナは、誰《だれ》かに頭を下げる父を初めて見た。

一瞬だけ、父の紫色の瞳と目が合った気がしたけれど気のせいだろう。

「謝罪を受け入れよう。それで、こちらが要求した誓約《せいやく》書は？」

「あぁ、分かっている。シェイン」

ジオルドはシェインから書類を受け取り、その場でサインした。

それは、人質交換の申し出を取り消し、今後一切皇妃《いっさいこうひ》に関する口出しはしないという誓約書だった。

和平条約違反《いはん》の賠償金《ばいしょう》についても、ヴァルトの要求をはねのけることはしなかった。

「これで、和平条約は継続《けいぞく》と考えてもいいか？」

すべての書面にサインをし終わり、ジオルドが問う。

「あぁ。だが、次はない」

きっぱりと言い切ったヴァルトからは、怒《いか》りを感じた。

今回の件について、外交上は和解したものの、内心では許してはいないのだ。

「分かっている。交易ルートについても、遅《おく》れていた工事を進めるようすでに手配をした」

ジオルドは低い声で頷いた。

人質交換やフェルリナの誘拐で交易どころではなくなってしまっていたが、ようやく一つ問題が解決したのだ。

フェルリナはホッと胸を撫で下ろす。

「だが、我が王妃が起こした問題については公にはせず、彼女は事故死ということで公表させてもらう」

「つまり、私の皇妃を誘拐し、殺害しようとした王妃の罪については不問にしろということか？」

ヴァルトの纏《まと》う空気が冷たく凍《こお》る。

しかし、ジオルドは「そうだ」と淡々と頷いた。

（……王妃様）

結局、崖下《がいか》を捜索しても王妃は見つからなかった。

――わたくしは、すべてを奪ったお前を絶対に許さない。

ヴィエラが飛び降りる直前、フェルリナに吐いた言葉を思い出し、ズキズキと胸が痛む。

王妃の地位をはく奪され、幽閉されることがヴィエラの矜持《きょうじ》をズタズタに傷つけた。

それでも、ヴィエラに死を選ばせたのはフェルリナの存在だ。

自らの命を捨てるほどに、フェルリナの幸せを認められなかったのだろうか。

ずっしりと落ち込みそうになっていると、ぬいぐるみを抱くヴァルトの腕にぎゅっと力がこもる。

君のせいではない――そう言ってくれたような気がした。

「王妃の罪を公にしない代わりに、我が国の秘密を話そう」

そう言って、ジオルドは人払《ひとばら》いをした。

護衛騎士とグランも出て行き、室内に残ったのはジオルドとヴァルト、そしてシェインだけとなる。

「その男は？」

ヴァルトはシェインに目を向け、問う。

「彼も秘密に関わる人間だから、許してくれ」

「……分かった」

ルビクス王国がけっして他国には漏《も》らさなかった魔法について。

ジオルドは何を語るつもりなのか。

空気が張り詰めていた。

「我が国が、いや、正確にはルビクス王家の者が〝古の遺品〟によって魔法を扱えることは、貴殿《きでん》も知っているだろう」

「あぁ」

「だが、その力は時とともに弱まってきている」

魔法が封《ふう》じられた〝古の遺品〟を扱えるのは、ルビクス王家の血を引く者のみ。

その条件を守るために、ルビクス王家は血筋を重視していた。

だからこそ、正統な王家の血を引かないフェルリナの存在は認められなかった。

(わたしのお母様は王族でも貴族でもないのに、どうしてお父様は……)

シェインと魔法の勉強を始めた時から、ずっと不思議だった。

何故、父は王家の伝統に逆らってまで母と関係を持ったのか。

それも、魔法を扱う力が弱っているのなら尚更《なおさら》。

しかし、それを父に尋《たず》ねようと思っても、ぬいぐるみのフリをしている今は何も聞けない。

「弱ってきている？　魔法が使えないということか？」

「いや。ルビクス王家の血を引いている限り、〝古の遺品〟の魔法を発動することはできる。ただ、血に宿った魔力だけでは魔法を制御《せいぎょ》することができなくなる。先日の王妃のようにな」

「王妃様が使ったのは禁忌の魔法だった上に、血を使っていましたからね……王妃様の力では完全に制御できるはずがなかったのです」

シェインが補足する。

王妃のネックレスと対《つい》になる全身鏡には、映した人物をコピーし、思いのままに操《あやつ》ることができる魔法も封じられていた。

元々は、王族が身を守るための魔法だった。

ルビクス王家の血を与えれば封じられた魔法の威力《いりょく》は増す。

血を与えることで、影武者《かげむしゃ》を何人も作り出すことができたのだ。

だが、魔法を制御する力が弱まっていけば、使いこなすのは難しい。

最初から禁忌だったのではなく、制御するのが難しく危険な魔法だから禁忌となったのだ。

王妃はその禁忌を犯してまで、フェルリナを絶望させたかったのだろう。

「ルビクス王家には、魔法を制御する力がなくなってきているということか……」

「その通りだ。このことは私とシェインしか知らない。だがこの先、ルビクス王家の血を引きながらも魔法を制御できないとなれば、魔法が暴走し、いずれは人々を傷つけるだろう。だからこそ――」

ジオルドは一度言葉を止め、真剣な眼差しでヴァルトを見つめた。

「私の代で〝古の遺品〟をすべて封じるつもりだ」

そのために、ジオルドは〝古の遺品〟を収集し、シェインと共に魔法を研究している。ガルアド帝国で発見された〝古の遺品〟を手に入れたかったのも、それが理由だった。

「記録によると、まだいくつかある禁忌の魔法を封じた〝古の遺品〟が見つかっていないのです。もしかしたら、ガルアド帝国で発見されたものがそうかもしれないと僕は考えています」

ルビクス王国最大の武器である魔法が失われようとしていることは、他国には漏らせない。

それ故に戦争という強硬《きょうこう》手段に出たのだ。

ロイスが会合で言っていた、ガルアド帝国の〝古の遺品〟には危険な魔法が封じられている、というのはあながち嘘でもなかったのだ。

「私の最終目的は、〝古の遺品〟の消滅《しょうめつ》だ。だが、魔法が失われた時、ルビクス王国には後ろ盾《うしろだて》がない」

「つまり、我が国には将来的に魔法を失うルビクス王国の後ろ盾になれと？　そのために和平を結び、王女を差し出したのか」

ガルアド帝国との戦争に敗北し、属国化されれば、ルビクス王国が〝古の遺品〟の制御ができずとも問題はなくなる。

その責任はすべてガルアド帝国に負わせることができる。

そして、今のように婚姻《こんいん》による和平を結べば、ガルアド帝国は魔法を失うルビクス王国の後ろ盾となる。

実際の関係がどうであれ、他国へのけん制になることは間違いない。

(お父様にとっては、戦争に敗《ま》けても勝ってもどちらでもよかったということ……?)

ただ、すべての〝古の遺品〟を消滅させるためには、ルビクス王国がルビクス王国として在れる今の状態が最善だ。

「国同士の政略結婚《けっこん》とは本来そういうものだろう。それに、わざわざ皇帝自ら乗り込んでくるほど、王女とはうまくいっているのだろう?」

何の問題があるのか、とジオルドは淡々と問う。

「皇妃には何の問題もない。だが、散々彼女を傷つけておいて、今も利用していることが許せない」

自分のためにヴァルトが怒《おこ》ってくれている。

(陛下……わたしは大丈夫《だいじょうぶ》です)

父に愛されていないことはずっと前から分かっていた。

フェルリナが人質として政略結婚したことに意味があった。

それが分かっただけで十分だ。

ヴァルトに伝わるように、少しだけぬいぐるみの手に力を込めた。

「……やはり、あの子を貴殿に任せたのは間違いではなかったらしい」

少しだけ頬《ほお》を緩《ゆる》めて、ジオルドがこぼした。

もしやぬいぐるみが動いた瞬間を見られたのだろうか。

フェルリナはドキッとしながらも、動かないように注意する。

ヴァルトもぬいぐるみを抱《かか》え直す仕草をして、ジオルドの言葉の真意を問う。

「それは、どういう意味だ？」

「これからも、娘を頼《たの》むということだ」

「！」

思わず、フェルリナはぬいぐるみ姿であることも忘れて息をのむ。

ジオルドから父親らしい言葉を聞くのは初めてだった。

今まで一度だってフェルリナを娘として扱ったことはなかったのに。

「言われずとも、彼女のことは私が守る」

ヴァルトにぎゅっと抱きしめられ、フェルリナは先ほどとは違う意味でドキドキしていた。

「そうであったな」

ぬいぐるみを抱くヴァルトをどう思っているのかは分からないが、ジオルドの纏う空気が少しだけ柔らかくなった気がした。

ただそう思いたいだけかもしれないが。

そうして、今回の問題に対する後処理と対応を話し合い、ジオルドとの会談は終了《しゅうりょう》した。


「陛下、本気でフェルリナ王女を手放すおつもりですか？」

謁見の間から二人の姿が消えて、シェインが真剣な表情で問う。

ジオルドは彼の方は見ず、答えた。

「そうだ。もうこの件については十分話しただろう」

「ですが、やはり納得《なっとく》できません。魔法のはじまりの国であるルビクス王国ではなく、ガルアド帝国で魔法が開花するなど」

「お前も見ただろう。あの皇帝が大切そうに抱いていたぬいぐるみを」

「はい……フェルリナ王女の魔力の気配がありましたね」

皇帝に大切そうに抱かれていたクマのぬいぐるみ。

フェルリナの魔法が影響していることは間違いない。

だが、あれが何なのかは分からなかった。

「あれを見て私は思ったのだ。魔力の強さは血筋ではなく、人の心かもしれないとな」

「それは、どういう――」

シェインがさらに追及《ついきゅう》しようとするも、すでにジオルドの姿はなかった。

謁見の間で一人、シェインは顎《あご》に手を当てて考え込む。

ルビクス王国では虐《しいた》げられ、王女として大切にされることもなく、愛情すら知らずに育った王女。

自分は無価値だと思っていた彼女が、ガルアド帝国で理解者を得て、誰かに大切に愛される幸せを知ったのだとすれば。

誰かのために何かをしたいと強く願ったのだとすれば。

「――血筋ではなく人の心、か」

あり得ない話ではないのかもしれない。

シェインは過去の文献《ぶんけん》を漁《あさ》るため、研究塔へと走った。

エピローグ　新たな決意

ガルアド帝国《ていこく》へ出立《しゅったつ》する日。

ルビクス王国の玄関《げんかん》ホール前には人だかりができていた。

「妃殿下《ひでんか》！　もうお体は大丈夫《だいじょうぶ》なのですか？」

「本当によかったです！　うぅ……！」

「妃殿下がいない間の陛下は本気で怖《こわ》かったんですよ」

皇妃奪還《こうひだっかん》作戦に協力してくれたリジアや騎士《きし》たちが、目に涙《なみだ》を浮《う》かべてフェルリナの無事を喜んでくれる。

「皆《みな》さん、本当にありがとうございます！」

倒《たお》れてから二日間、フェルリナは治療《ちりょう》のためにベッドで安静にするように言われていた。

会いに来てくれた人もいたようなのだが、ヴァルトが面会をすべて断っていたらしい。

そのおかげでゆっくりと休むことはできたが、フェルリナだって自分のためにルビクス王国まで来てくれた皆の顔を見たかった。

そうこぼすと、出立の日には嫌《いや》でも顔を合わせるからとヴァルトに言われていた。

本当に皆がフェルリナを取り囲むように集まってくれて驚《おどろ》いたが、嬉《うれ》しかった。

「妃殿下、とても心配していたんですよ。ご無事で何よりです」

「リジアさんも無事でよかったです！　あの時は、本当にありがとうございました」

リジアとはぬいぐるみに憑依《ひょうい》した時以来だった。

あの時は、リジアの協力がなければヴァルトを助けに行くことができなかった。

訓練をしていないリジアが屈強《くっきょう》な騎士を相手に気を引くことは勇気のいることだっただろうに、やり遂《と》げてくれた。

「大切な妃殿下のためですもの。私にできることであれば何でも力になりますわ」

「リジアさんっ！」

フェルリナが涙ぐんでいると、近くにいた騎士たちも声を上げる。

「私たちも、妃殿下のためなら何でもしますよ！」

「俺も！」

「やっぱりガルアド帝国の皇妃は妃殿下しかいません！」

好意的な言葉ばかりが向けられて、フェルリナの胸は熱くなる。

「そう言っていただけて本当に嬉しいです。未熟な皇妃ですが、また今日からよろしくお願いします！」

フェルリナは一人ひとりと目を合わせ、にっこりと微笑《ほほえ》みかけた。

「こら、お前たち。フェルリナはまだ病《や》み上がりなんだ。それ以上近づくな」

騎士たちの間を割って、ヴァルトが登場する。

その腕《うで》には、修復されたクマのぬいぐるみ。

ヴァルトも直したいというので、二人で一緒《いっしょ》に繕《つくろ》ったのだ。

その時のことを思い出して、フェルリナの顔には自然と笑《え》みが浮かぶ。

「本当に、妃殿下が戻《もど》ってきてくれてよかったです。もう妃殿下不在の間は陛下の機嫌《きげん》が悪くて、オレの胃が持ちませんでしたからね。妃殿下は偉大《いだい》ですよ」

「グラン様、この度《たび》は本当にありがとうございました。色々と大変でしたよね」

皆の協力があったから、フェルリナはこうして笑顔《えがお》で戻ってくることができたのだ。

特にグランはヴァルトをなだめたりマーガレットの相手をしたりと大変だっただろう。

「はは、まあ色々ありましたけど、もう大丈夫ですよ。妃殿下が陛下の隣《となり》で笑っていてくれれば、オレも幸せです」

そう言って、グランは明るく笑う。

「では、皆でガルアド帝国へ帰るぞ」

「はい！」

半年前、ガルアド帝国へ向けて出発した時とは全く違《ちが》う心境で、フェルリナは祖国を後にした。


ガルアド帝国の城へ到着《とうちゃく》すると、王宮内の者たちが笑顔で出迎《でむか》えてくれた。

その中には、皇帝《こうてい》の不在中、城を守ってくれていた騎士団長ガイヤの姿もあった。

近衛《このえ》騎士たちの協力は、ガイヤのおかげだ。

「妃殿下、無事のお戻りを心よりお喜び申し上げます」

「ガイヤ騎士団長、この度は騎士団の皆さんには助けられました。陛下が城を空けることができたのも、あなたの存在があったからです。本当にありがとうございます」

「フェルリナ、褒《ほ》めすぎだ」

隣にいたヴァルトが拗《す》ねたように言う。

「これはこれは、せっかく取り戻した妃殿下との時間を奪《うば》ってはいけませんね」

「あぁ。今日一日は二人きりにしてもらえるとありがたい」

「えっ、陛下？」

皆にそう宣言し、ヴァルトはフェルリナにぬいぐるみを預けると、流れるような所作で抱《だ》き上げた。

「あの、陛下……このままでは陛下が疲《つか》れてしまうのでは」

フェルリナはいまだ療養《りょうよう》中の身ではあるが、傷は塞《ふさ》がっていて歩くのに支障はない。ヴァルトの怪我《けが》だって治ったばかりだというのに、フェルリナを抱き上げたままでは傷に障《さわ》るのではないか。

それに、ずっとこのままなんて恥《は》ずかしすぎる。

「リィナを抱いていて疲れるはずがないだろう」

「で、でも……っ」

戸惑《とまど》うフェルリナを抱いたまま、ヴァルトはずんずんと皇城内を歩いて行く。

「ようやく本物の君を思いきり抱きしめられるんだ。離《はな》したくない」

本当に無事でよかった――耳元でこぼれた声は弱々しく、それだけ心配をかけてしまったのだと改めてフェルリナは実感する。

そして、フェルリナ自身もヴァルトの腕の中に戻ってくることができたのだと胸が熱くなった。

「陛下がきっと迎《むか》えに来てくれると信じていたから、一人でも頑張《がんば》れたのです。それに、ルーのおかげで陛下に会いに行くこともできました」

ぬいぐるみに憑依する魔法《まほう》があったからこそ、フェルリナはヴァルトに会いに行くことができた。

たとえ魂《たましい》だけだとしても、ヴァルトに会って、言葉を交《か》わすことができたのだ。

ヴァルトに会えなければ、一人で耐《た》えられなかっただろう。

最初の頃《ころ》はコントロールもできず、ヴァルトに迷惑《めいわく》ばかりかけてしまう魔法だと思っていた。

しかし、違った。

魔法は使い方次第《しだい》で良くも悪くも変わる。

かつての魔法使《つか》いたちが人々の生活を豊かにするために魔法を使っていたように。

〝古《いにしえ》の遺品〟についての知識を得て、まだ自分自身の魔法については分からないことも多いけれど、フェルリナもこの力を役立てたい。

(わたしを特別な存在にしてくれた陛下のためにも)

あれからずっとフェルリナは考えていた。

自分がルビクス王国の王女として、ガルアド帝国のために何ができるのか。

願いや想《おも》いを魔法に込める。

その想いが強ければ強いほど、強力な魔法になるらしい。

シェインが持ってきてくれた本の一つにそう書いてあった。

フェルリナは、ヴァルトに近づきたいと願った心がぬいぐるみに宿ったのではないかと思うのだ。

ヴァルトを思う心で、フェルリナとぬいぐるみは繋《つな》がっている。

「陛下、迎えに来てくださって本当にありがとうございます」

「私こそ、ルーには助けられた。本当にありがとう」

もしも、ぬいぐるみに憑依する魔法がなければ、フェルリナは離宮《りきゅう》でヴァルトの無事を祈《いの》ることしかできなかった。

だから、今はこの魔法があってよかったと心から思う。

「これからも、わたしとルーで陛下をお守りしますね！」

抱いたぬいぐるみの片腕《かたうで》を一緒に上げながら、フェルリナは気合を入れる。

皇妃として、ぬいぐるみのルーとして、フェルリナはヴァルトを守っていきたい。

――魔法のはじまりの国である、ルビクス王国の王女としても。

（お父様の話が本当なら、もしかしたらガルアド帝国で保管している〝古の遺品〟も暴走するかもしれないもの）

〝古の遺品〟を発動するためには、ルビクス王家であることと、古代ルビクス語で呪文《じゅもん》を唱えることが必要だ。

しかし、もしそういった発動条件さえも封《ふう》じた魔法の暴走により意味がなくなってしまったら？

王妃《おうひ》ヴィエラさえ、暴走を抑《おさ》えることはできなかったのだ。

フェルリナ自身も、ぬいぐるみに憑依する魔法をコントロールできるようになったのは最近だ。

暴走した魔法を制御《せいぎょ》することは容易ではないだろう。

けれど、フェルリナ自身に魔力《まりょく》が宿っているのだとしたら何かができるはずだ。

そう思い、張り切って宣言したのだが、ヴァルトの眉間《みけん》にはしわが寄る。

「気持ちは嬉しいが、あまり無茶はしないと約束してくれ。今回のようなことが何度もあっては私の心臓が持たない」

「そ、そうですよね！　気を付けます！」

ヴァルトの心配事をこれ以上増やしてはいけない、とフェルリナは素直《すなお》に頷《うなず》いた。

その時、不意に目の前に花弁が舞《ま》う。

美しい花弁に誘《さそ》われるように視線を向けると、そこには庭園があった。

ぬいぐるみ姿で洗濯《せんたく》されそうになったところをヴァルトに救われ、一緒に散歩した思い出の庭園だ。

「立ち寄ってもいいか？」

ヴァルトと一緒に庭園を歩くのは大賛成なのだが、いまだに横抱きにされたままなのはどうかと思う。

「では陛下、そろそろ降ろしていただけませんか？」

「どうしてだ？　ルーの時もこうして一緒に回っただろう」

「ルーの時とでは全然違いますっ！」

見た目も、大きさも、ヴァルトに触《ふ》れられている感触《かんしょく》も、胸のドキドキも、何もかもが違う。

こんな至近距離《きょり》でずっとヴァルトに体を預けていては庭園の花を楽しむどころではない。

「そうか？　どちらも可愛《かわい》いことに変わりはないが」

ぬいぐるみに憑依しないように耐えているのに、ヴァルトはフェルリナとぬいぐるみとを見比べて真顔で言った。

（……このままじゃ、わたしの心臓が持たないわ！）

フェルリナは覚悟《かくご》を決めて、ヴァルトをじっと見つめる。

「ヴァルト様、お願いです」

フェルリナからの名前呼びとお願いに耐性《たいせい》のないヴァルトは、渋々《しぶしぶ》頷いた。

「……ぐっ、分かった」

ゆっくりと地面に降ろされたが、その腰《こし》はしっかりとヴァルトに抱かれている。

まだフェルリナの体調を心配してくれているのだと思うと、恥ずかしさよりも嬉しさの方が勝った。

片時も離れたくない。その想いはフェルリナも同じだから。

しかし、ちゃっかりぬいぐるみはヴァルトの手に渡《わた》っていた。

「わぁ、やっぱりここは素敵《すてき》ですね！」

あの時には咲《さ》いていなかった花も、今は美しく花開いている。

甘い花の香りが漂《ただよ》い、蜜《みつ》に誘われた蝶々《ちょうちょう》がひらりと舞っている。

フェルリナが目を輝《かがや》かせていると、ヴァルトはその様子を愛おしそうに見つめて言った。

「リィナと離れていた間、どんな景色を見ても、何を食べても、私の心は死んだように何も感じられなかった。またこうして君に触れられて、君の笑顔が見られて、ようやく生きた心地《ここち》がする」

美しい庭園の景色を美しいと思えるのは、愛《いと》しい人が側にいてくれるから。

優《やさ》しいダークブルーの瞳《ひとみ》を見つめ返し、フェルリナは頷く。

「わたしも、同じです。ヴァルト様がいない世界では生きられません」

フェルリナの居場所は、ヴァルトの側だ。

ようやく、ここに帰ってくることができた。

「ヴァルト様、愛しています！」

ぬいぐるみの時にできたことができないわけがない。

フェルリナはぴょんっと背伸《せの》びをして、ヴァルトの頰《ほお》にキスをする。

(うまくできた、かな……⁉)

恥ずかしくて、すぐにヴァルトの胸に顔を埋《うず》めた。

おかげで、みるみるうちに真っ赤に染まっていくヴァルトの顔を見損《みそこ》ねたことに本人は気づいていない。

「〜〜可愛すぎるっ！」

ヴァルトに片腕でぎゅうっと抱きしめられて、さらに密着度が増す。

彼のもう片方の腕には、クマのぬいぐるみが抱かれている。

（ルーもいっぱい頑張ったもんね）

まるで一緒にヴァルトに抱き着いているような気持ちになって、フェルリナはぬいぐるみの綺麗《きれい》な宝石の瞳に笑いかける。

傷だらけになりながらも、ヴァルトのもとへ戻るために奮闘《ふんとう》した。

この腕の中が、世界で一番安心できる場所だから。

ヴァルトのぬくもりがなければ、きっと心が死んでしまう。

助けられてから何度も、何度も、それを実感している。

「愛している、リィナ」

美しいダークブルーの瞳に映っているのは、フェルリナだけ。

真剣《しんけん》な眼差《まなざ》しにドキッとする。

「もう二度と君を離さない」

そう言って、ヴァルトはフェルリナの左手を優しく取った。

「誓《ちか》いの証《あかし》を、君に」

ダークブルーの宝石が埋め込まれた指輪が、フェルリナの薬指にはめられた。

愛する人の色が、自分の左手で輝いている。

「う、嬉しい……ですっ」

感動しすぎて視界が歪《ゆが》む。

しかし、せっかくもらった指輪をよく見たくて、フェルリナは涙を堪《こら》える。

左手を目の前に掲《かか》げ、じっくりと指輪を見つめる。

「！　ヴァルト様、これ！」

近くでよく見なければ気づかない、小さなデザイン。

それは、宝石を顔に見立て、台座にクマ耳の装飾《そうしょく》があること。

「――どうしても、クマの耳を入れたくてな」

「とっても可愛いです！」

指輪もだが、何より照れくさそうに笑うヴァルトが可愛くて、愛おしい。

注文を受けた職人も、皇帝がクマ耳デザインの結婚《けっこん》指輪を所望《しょもう》するなど驚いたことだろう。

「喜んでもらえたか？」

「はいっ！　こんなに可愛くて、想いのこもった素敵な指輪をいただけてとても幸せで

す」

「気に入ってもらえてよかった」

優しく微笑むヴァルトに、フェルリナの胸はきゅんとときめく。

(本当に、とっても綺麗……!)

自分の左手に輝く指輪に胸がいっぱいになる。

幸せに満たされながら、はたと気づく。

結婚指輪であれば、ヴァルトの指輪もあるはずだと。

「ヴァルト様の指輪のデザインも見てみたいです」

「……これだ」

ヴァルトがポケットから取り出したケースには、フェルリナの瞳と同じ色の宝石が埋め込まれた指輪が鎮座《ちんざ》していた。

そして、こちらにもバッチリとクマ耳デザインが刻まれている。

「わたしがはめてもいいですか?」

「あぁ、頼《たの》む」

ドキドキしながらフェルリナはヴァルトの左手を取り、薬指に指輪をはめる。

緊張《きんちょう》で手が震《ふる》えていたけれど、無事ヴァルトの左手薬指に指輪は輝いていた。

「ふふ、お揃《そろ》いですね」

自分の左手とヴァルトの左手を見比べて、フェルリナは笑みをこぼす。

「これでいつもリィナと一緒だな」

「はい！　ずっと一緒です」

互《たが》いに左手をとり合い、薬指の指輪にキスを落とした。

これから先、どんなことがあろうとも、二人の心は繋がっている。

永遠に離れないという誓いの証に、溢《あふ》れんばかりの愛を込めて。

end

あとがき

こんにちは、奏舞音《かなでまいね》です。

この度《たび》は『冷酷皇帝《れいこくこうてい》は人質王女《ひとじちおうじょ》を溺愛中《できあいちゅう》　3　なぜかぬいぐるみになって抱《だ》かれています』をお手に取っていただき、心より御礼申《おんれいもう》し上げます。

三巻を刊行することができたのは、読者の皆様《みなさま》のあたたかな応援《おうえん》とあのねノネ先生による可愛《かわい》すぎるコミカライズ、そしてビーズログ文庫編集部の皆様のご尽力《じんりょく》のおかげです。

本当にありがとうございます！

皆様からいただいた愛に応えられるよう、これでもかと私の好きを詰《つ》め込みました。

まず、弱ったイケメンの姿って最高ですよね。ヴァルトの場合はフェルリナだけでなくルーも奪《うば》われたも同然なので、とんでもない幻覚《げんかく》を見てしまいます（笑）。正直、めちゃくちゃ楽しかったです。ごめんね、ヴァルト。

次に、過酷《かこく》な状況《じょうきょう》に立ち向かう健気《けなげ》なヒロイン。大好きなヴァルトのために奮闘《ふんとう》するフェルリナを、（私がピンチに陥《おとしい》れているのに）書きながら「頑張《がんば》れ！」と応援していました。

そして、今まではヴァルトに守られるだけだったぬいぐるみが、三巻ではヴァルトを守るために頑張ります。ぬいぐるみ大活躍《だいかつやく》シーンを皆様にもお楽しみいただけますように。

また、ぬいぐるみ皇帝の構想時からずっと書きたかったシーンをようやく三巻でお披露《ひろ》目《め》できました！

それは、離《はな》れていてもぬいぐるみで繋《つな》がっている――あのシーンです。

両想《おも》いになり、愛し合う二人だからこそ実現することができました。

こうして二人（とぬいぐるみ）の続きを紡《つむ》ぐ機会をいただけて、本当に嬉《うれ》しいです。


ここからは、本作の刊行にあたり、お世話になった方々への謝辞を。

引き続きイラストを担当してくださったｃｏｍｅｔ様。照れながらも幸せそうに微笑《ほほえ》むフェルリナと彼女を愛おしそうに見つめるヴァルトのカバーイラストには感激です。本当にありがとうございます。それに、皆様お気づきでしょうか。二巻のカバーイラストまでは仏頂面《ぶっちょうづら》だったヴァルトが笑《え》みを浮《う》かべていることに。フェルリナへの愛が溢《あふ》れ出ている素敵《すてき》すぎるイラストとなっております。最高ですね。美しく、可愛く、素晴《すば》らしい挿絵《さしえ》の数々も尊すぎて毎日拝んでいます。

ぬいぐるみ皇帝を支える大黒柱といっても過言ではない担当Y様。Y様が爆笑《ばくしょう》してくれたクマの幻覚シーンは、私もお気に入りです（笑）。いつもあたたかく励《はげ》まし、導いてくださってありがとうございます。

コミカライズを担当くださっているあのねノネ先生。超絶《ちょうぜつ》可愛くて癒《いや》されるコミカライズをありがとうございます。執筆《しっぴつ》中、何度もコミカライズを読んで元気をもらっていました。これからのお話も楽しみにしております！

他にも、校正様、デザイナー様、ビーズログ文庫編集部の皆様、営業様、印刷所の皆様、本作の刊行にご尽力くださったすべての方々に厚く御礼申し上げます。

また、応援してくれる家族、友人には感謝の気持ちでいっぱいです。

そして最後に、ここまで読んでくださった読者の皆様、本当にありがとうございます！
皆様のあたたかな応援のおかげで、またお会いすることができました。
私なりの愛情をたくさん詰め込んだ三巻が、皆様の心に癒しとときめきをお届けできますように。

どうか次の作品でもお会いできることを祈《いの》って——。

奏　舞音

ビーズログ文庫

■ご意見、ご感想をお寄せください。
《ファンレターの宛先》
〒102-8177 東京都千代田区富士見 2-13-3
株式会社KADOKAWA ビーズログ文庫編集部
奏 舞音 先生・comet 先生

●お問い合わせ
https://www.kadokawa.co.jp/（「お問い合わせ」へお進みください）
※内容によっては、お答えできない場合があります。
※サポートは日本国内のみとさせていただきます。
※Japanese text only

冷《れい》酷《こく》皇《こう》帝《てい》は人《ひと》質《じち》王《おう》女《じょ》を溺《でき》愛《あい》中《ちゅう》 3

なぜかぬいぐるみになって抱《だ》かれています

奏《かなで》 舞《まい》音《ね》

2023年10月15日 初版発行

発行者　山下直久
発行　株式会社 KADOKAWA
〒102-8177 東京都千代田区富士見 2-13-3
（ナビダイヤル）0570-002-301
デザイン　みぞぐちまいこ（cob design）
印刷所　TOPPAN株式会社
製本所　TOPPAN株式会社

ISBN978-4-04-737604-5 C0193

定価はカバーに表示してあります。

◇◇◇

【漫画】あのねノネ
【原作】奏 舞音
【キャラクター原案】comet
冷酷皇帝は人質王女を溺愛中
The ruthless emperor is doting on the hostage princess
なぜかぬいぐるみになって抱かれています
KADOKAWA
FLOS COMIC フロースコミック
ComicWalkerにてコミカライズも好評連載中
コミックス第1巻発売中！